生活安全課0《ゼロ》係

エンジェルダスター

富樫倫太郎

祥伝社文庫

目次

プロローグ

平成二二（二〇一〇）年一月六日（水曜日）

事務関係の連絡を終えると、三浦靖子《みうらやすこ》が亀山《かめやま》係長に顔を向け、

「係長、お願いします」

と朝礼のまとめを促《うなが》す。

「え～っ……まだ年が明けたばかりで、世間も何となく落ち着かないというか、正月気分が抜けないというか、こんなときには思わぬ事件や事故が起きたりするから、わたしたちも気を引き締めて、しっかりやろう。で、今日の活動予定は？」

「ないです」

靖子が首を振る。

「ないって……。どういうことなのかな？」

うふふふっ、と薄ら笑いを浮かべ、それって冗談なのかな、と訊く。

「冗談なんかじゃありませんよ。この『何でも相談室』への相談案件が何もないってことですよ。ひとつもないんです。開店休業状態です」

「そ、それは珍しいね。もちろん、事件や事故がないのは平和でいいんだけど」

「そういうわけじゃないですね。例年、年末年始は交通事故や酔っぱらい同士の喧嘩《けんか》、未成年者の補導件数が多いんですが、今年もかなり多いそうです。むしろ例年以上に増えているらしくて、交通課や刑事課、少年係なんかは目が回る忙しさだそうです。忙しすぎて正月気分も抜けたなんていう話を耳にしますから」

「ふうん、それなのに、うちに回ってくる案件がないなんておかしいねえ。うちだけが暇ってこと?」

「うちを雑用係と勘違いしている住民の方が多いようですから、まともな事件の発生が多いときには、うちのことなんか忘れてしまうのかもしれませんね」

「そう言われると、いいのか悪いのかわからなくなってしまうねえ。しかし、相談案件がないと、みんなが手持ち無沙汰《ぶさた》になってしまうなあ」

亀山係長がメンバーたちに視線を向ける。

小早川冬彦《こばやかわふゆひこ》は何が楽しいのか、にこにこして、じっと亀山係長を見つめている。

寺田高虎《てらだたかとら》は、立ったまま居眠りしているかのように薄目でふらふら揺れている。

樋村勇作《ひむらゆうさく》は生真面目《きまじめ》に直立不動の姿勢を取っている。

安智理沙子《あんちりさこ》は退屈そうに溜息《ためいき》をついている。

「その心配はありませんよ。未提出の書類が山ほどありますからね。係長からも注意して下さい。捜査報告書もろくに出さないんだから呆《あき》れますよ。きちんと出すのはドラえもん君だけです、何にも出さないのが寺田高虎です。この二人を見ていると、東大を出てキャリアになる人間と、二流の高校を出て万年巡査長として燻《くすぶ》っている人間の違いがよくわかりますよ。成績だけの話じゃないんだよね～。日頃の行いが大切なんだよ、聞いてるか、樋村！」

「え」

樋村がドキッとする。

「何で、ぼくに振るんですか。警部殿と寺田さんの話でしょう？」

「だらしないのはおまえも同じだろう！　書類なんてものは溜《た》め込まないで、その場その場でさっさと片付ければ大した手間はかからないんだよ。下《した》っ端《ぱ》巡査のうちから、こんなにだらしないんじゃ、いくら勉強したところで巡査部長にはなれないね。おまえの行く末は万年巡査長だ。見ろ、そこに一五年後のおまえがいる」

靖子が高虎を指差す。

「い、いやだ……ぼくは寺田さんにだけはなりたくない」

樋村が首を振る。

「ああ、それは心配ないよ。樋村君は寺田さんのようにはならない」

不意に冬彦が口を開く。

「そうですよね、いくら何でも寺田さんのようにはなりませんよね」

樋村がホッとしたようにうなずく。

「確かに、寺田さんは万年巡査長だよ。今後も出世の見込みはない。子供の頃から勉強ができなかったせいで、あんな簡単な昇進試験に合格できず、いつまで経っても巡査部長になれない。その点では、樋村君と変わらない」

「は？」

樋村が怪訝《けげん》な顔になる。話の風向きが自分の想像とは違っているせいだ。

「勉強ができず、出世の目がないという点では同じだけど、寺田さんには動物的な勘がある。その勘や、これまでの経験を駆使《くし》して事件を解決し、犯人を逮捕する能力がある。刑事としては、なかなか優《すぐ》れている。勉強はできなくても、それ以外に取り柄がある。しかし、樋村君には、そういう勘もない。経験から学ぶ能力も劣《おと》っている」

「それって、つまり、ぼくは寺田さんよりダメ人間ということですか？」

「そうだよ。勉強ができないだけでなく、現場でも使えないから、君は寺田さん以下という評価しかできない。何かひとつでも取り柄があればいいんだけど、これといって何もないからね」

「……」

樋村が口をぽかんと開けて絶句する。

「自分が肴《さかな》にされてるのに、高虎が黙ってるなんて珍しいね」

靖子が不思議そうに高虎を見る。みんなの話など何も耳に入らないかのように、高虎はぼんやりしているのだ。

「この人、どうしちゃったの？　いつもなら頭から湯気《ゆげ》が出るくらい顔を真っ赤にして怒るくせに」

「怒る気力もないんじゃないですか」

理沙子が言う。

「何で？」

「昨日の金杯《きんぱい》に有り金を突っ込んだらしいですから。で、見事に玉砕《ぎょくさい》」

理沙子が肩をすくめる。

「競馬《けいば》、やめたんじゃないの？」

「寺田さん、四ヶ月くらい前から乗馬を始めたじゃないですか。娘さんも始めたんで、お金が足りないんです。安月給だから。で、勉強のできない人がお金を増やそうとすると……」

冬彦が言う。

「ギャンブルで一攫千金《いっかくせんきん》を狙《ねら》おうとするわけね」

靖子が両手をぽんと打ち鳴らす。

「もちろん、成功するはずがありません。そもそも、ギャンブルというのは統計的に儲《もう》からないようにできているわけですからね。寺田さんの有り金といっても、せいぜい、二万円くらいでしょうが、それだって、寺田さんにとっては大金です。それがゼロになれば、さすがにショックでしょうねえ。仕事なんかやる気がなくなるのもわかります。もっとも、普段から怠《なま》けてばかりいますが」

「競馬や麻雀《マージャン》はお金がかかりますからね」

樋村がうなずく。

「そうだよな。樋村君のように女装が趣味だったら、まあ、こっちは気持ち悪いけど、あまりお金はかけずに済むもんな」

冬彦がにこりともせずに言う。

「何で、ぼくの話になるんですか。やめて下さいよ、私生活に立ち入るのは」

「キモいなあ、デブウンチの女装なんか想像したくないよ」

理沙子が顔を顰《しか》める。

「あ……あのさ……」

「何ですか、係長？」

靖子が訊く。

「とりあえず、朝礼を終わりにしない？」

「そうですね。みんなで突っ立ったまま樋村君の趣味について語っても仕方ないですからね。じゃ、朝礼は終わり！」

皆がそれぞれ自分の席に着く。

崩《くず》れるように椅子《いす》に坐《すわ》ると、高虎が重苦しい溜息をつく。

「寺田さん、大丈夫ですか？　顔色悪いですよ。もしかして競馬で負けたのは二万円以上ですか」

冬彦が、じっと高虎の顔を凝視《ぎようし》する。

「二万五千円」

「……」

「三万円」

「……」

「三万五千円」

　冬彦が口にした瞬間、高虎の瞳孔《どうこう》が開いた。

「え〜っ、三万五千円も負けたんですか。寺田さんにしては大きく勝負しましたね」

「新聞のスポーツ欄に配当が載ってますけど、一番人気と五番人気で、割と堅《かた》い結果だったみたいですよ。これを外すなんて、いったい、何を買ったんですか？」

　樋村が不思議そうに訊く。

「ゴールデンダリア……」

「ほう、三番人気の馬じゃないですか。だけど、一一着か。ひどいなあ……」

「うるせえ！　金杯ってのは、例年、『金』にちなんだ馬が来ることになってるんだよ」

「だから、『ゴールデン』ダリアか。さすがに単純ですね」

　冬彦がくすくす笑う。

「よく知らないんだけど、金杯って京都でもやってるんじゃなかった？」

　理沙子が言う。

「やってますよ。こっちも堅い決着だな。勝ったのが五番人気で二着が一番人気。だけど寺田さんは……。お、ティアップゴールドという馬がいますね。四番人気。これを買ったんですか？　『金』にちなんで？」

樋村が訊くと、高虎が苦い顔でうなずく。

「泣きたくもなりますよね。一三着じゃないですか。いくら『金』にちなんだ名前でも、一着と一三着じゃなあ……」

「樋村君、ちょっと二人だけで話そうか」

高虎が怖い顔をして立ち上がる。

「え？　嫌ですよ。暴力反対です。ぼくにばかり絡《から》まないで下さいよ」

「うるせえ！　てめえが余計なことを言うから、ますます気分が悪くなったじゃねえか」

高虎が怒鳴《どな》ると、

「こわ〜い！　あのおじさん、また怒鳴ってるよ」

子供の声がする。

皆がドアの方に顔を向けると、四人の子供たちが部屋の中を覗《のぞ》き込んでいる。陽子《ようこ》ちゃん、富美男《ふみお》君、隆志《たかし》君、光男《みつお》君である。去年の一〇月、杉並《すぎなみ》中央署に職場見学にやって来た小学一年生の子供たちだ。

「何だ、チビたちか」

高虎がふんっと鼻を鳴らして椅子に坐る。

「わたしたちをチビ呼ばわりするなんて、相変わらず失礼な人ですね。感じ悪いですよ、寺田巡査長」

陽子ちゃんが負けずに言い返す。

「どうして、そんなことを知ってるのよ、このおっさんが万年巡査長だって?」

靖子が訊く。

「小早川警部に教えてもらったからで~す! あ、そうだ、小早川警部、明けましておめでとうございます。今年もよろしくお願いしま~す」

陽子ちゃんが新年の挨拶《あいさつ》をすると、他の男子三人も声を合わせて唱和する。

「昨年はいろいろお世話になりました。今年もよろしくお願いしま~す」

「おまえら、こんなところに来ないで勉強しろ。塾にでも行け」

高虎が舌打ちする。

「明日から学校が始まるから、ちゃんとやりますよ。どうぞ、ご心配なく!」

陽子ちゃんが言う。

「そっちのチビ……いや、大迫《おおさこ》君か。どうだ、ばあちゃんは元気になったか?」

高虎が隆志君に訊く。

隆志君の祖母・畑中静江《はたなかしずえ》は、去年の秋、コーポ春風《はるかぜ》で起こった一万円札投げ込み事件に関与して警察に事情を訊かれた。お金を盗むのではなく、その逆にお金を投げ込むという変わった事件だったし、お金を投げ込まれた住人たちも静江の処罰を望まなかったので立件はされなかった。

しかし、自分の軽率な行為を悔《く》やんで、静江はすっかり落ち込んでしまった。

「うちで一緒に年を越しました。ぼくは会ったことがないんですが、おばあちゃんのお兄さんが病気で死んじゃったらしくて、それが悲しいと言ってました。でも、ちゃんとお年玉をくれましたよ」

隆志が答える。

「もっといいことがあったじゃないの。教えてあげなよ」

陽子ちゃんが促《うなが》す。

「お父さん、仕事が見つかったんです。昨日から行ってます」

「へえ、よかったね」

冬彦が言う。

「はい。お母さんもおばあちゃんも喜んでます。ぼくも嬉《うれ》しい」

隆志君が照れ臭そうに笑いながら言う。

「光男君もいいことがあったよね？」

「うん、この頃、算数ができるようになったのでゲームをさせてもらえるようになりました。お年玉で新しいソフトも買ったんです」

光男君が嬉しそうに言う。

「富美男君は……あまり変わらないよね？」

陽子ちゃんが訊く。

「変わらないね」

「お父さんが浮気してから、ずっとお母さんが怒ってるんですよ。クリスマスの前日に家から追い出しちゃったんです。ね？」

「おじいちゃんの家にいるけどね。うちのお母さんは怒ると怖いから、しばらく許してもらえないと思うよ」

富美男君が溜息をつく。

「陽子ちゃんは、どうなの？　何かいいことがあったのかな」

冬彦が訊く。

「わたしは何も変わりません。いつもと同じです。あ、そうだ！　猫ちゃんたちに代わって、新年の挨拶をしなければ！　はい、みんな」

陽子ちゃんの合図で、四人が声を揃《そろ》えて、明けましておめでとうだにゃ～ん、と挨拶する。

　一万円札の投げ込み事件が起こったのと同じ頃、野良猫が体に絵の具を塗られるという事件が起こった。絵の具を塗るだけなら害はなかったが、ペンキを塗られた猫が死ぬという事態が起こり、「何でも相談室」が捜査して犯人を逮捕したのだ。犯人は未成年の予備校生で、前科もなく、野良猫が一匹死んだだけだから立件されなかった。

「あんなひどいことをして厳重注意だけっていうのは、何となく納得できませんよね」

　樋村が言う。

「犯人も深く反省しているらしいし、もう猫が被害に遭《あ》わなければ、それでよしとすべきでしょう」

　理沙子が肩をすくめる。

「わたしたち、これからもちゃんと見張ります。野良猫だって、誰かが守ってあげないとかわいそうだから」

　陽子ちゃんが言うと、

「エラい！」

　突然、亀山係長が大きな声を出す。

「は？」

　皆が一斉に亀山係長を見る。

「あ……いや、その……」

亀山係長が赤くなる。

「立派な考えだと思って、つい……」

「ふんっ、猫のことになると人が変わりますよね、係長は。その情熱を仕事にぶつければ、今頃は課長になってますよ」

靖子が鼻で笑う。

第一部　神隠し

一

「いやあ、まずい蕎麦《そば》でしたね」

「悪口ばかり言って……。そんなに嫌なら食べなければいいでしょう。他の店に行って下さい。こっちだって内勤の日まで、警部殿と一緒に昼飯なんか食べたくないんですよ」

「競馬《けいば》で大損したからって、ぼくに八つ当たりしなくてもいいじゃないですか」

「そうじゃないんですよ。競馬は関係ないんです。いや、そうじゃないな。関係ないわけじゃない。こんな気分の悪い日に、休憩時間まで警部殿と一緒にいるのは疲れるんですよ。そういう状況、こっちとしては避けたいわけです」

「寺田さんのことは、ぼくもわかっているつもりです。照れ屋で人付き合いが苦手だから、つい攻撃的な態度を取ってしまうんですよね。ぼくは少しも気にしてません。だから、寺田さんも気にしないで下さい」

「人の表情や仕草《しぐさ》から相手の本音を見抜くことができるって、いつも威張《いば》ってるじゃないですか」

「別に威張ってはいません。もちろん、そういう能力があることを否定はしませんが」

「だから、そういう話じゃないんだ。そんな人が、なぜ、おれの本音を見抜くことができないのかって話をしてるんですよ」

「いいんですよ、寺田さん。ぼくはわかってますから。相棒なんですから遠慮はいりません」

「疲れるわ……」

高虎が溜息をつきながら「何でも相談室」に入る。

「あんたたち、廊下で子供みたいに騒がないでよ。あんな大きな声でさ。丸聞こえだよ」

靖子が睨《にら》む。

「うるせえ。声が大きいのは生まれつきだ」

高虎が椅子に坐る。

「ほら、坐ってる場合じゃないわよ。相談者が待ってるんだからね。一番相談室。さっさと行く、しっ、しっ」

野良犬でも追い払うような仕草をする。

「昼飯を食って戻ったばかりなんだぜ。そいつらに行かせろ」

高虎が樋村と理沙子を顎《あご》でしゃくり、下っ端が率先《そっせん》して仕事に行くのが警察社会ってもんだ、とつぶやく。

「そうしたいんですが、警部殿をご指名なんですよ。ねえ、安智さん？」

樋村がにやにやしながら理沙子に顔を向ける。

「ええ、ご指名ですよ。吉永小百合《よしながさゆり》さんからの」

「は？　吉永小百合？」

「すごいですよね。吉永小百合ですよ。いいなあ、ぼくが代わりたいです」

「マジか……」

高虎が腰を上げる。急にやる気になったらしい。

「警部殿、行きましょう」

「待って下さい。すぐに終わりますから」

パソコンを立ち上げ、冬彦は捜査報告書を作成し始めたところだ。

「何を言ってるんですか！　吉永小百合が待ってるんですよ」

冬彦の襟首《えりくび》をつかむと、ひきずるように部屋を出て行く。

四階の廊下には一番から三番までの相談室が並んでいる。広さは四畳で、椅子とテーブルが置かれているだけの殺風景な部屋である。

一番相談室の前で、ぴたっと立ち止まると、

「おれ、変じゃないですか？」

高虎が訊く。

「何のことですか？」

「だから、髪型とか服装とか加齢臭とか……。吉永小百合に会えるとわかっていれば、もっときちんとしてきたのに」

「いつもの寺田さんですよ。それ以上でもそれ以下でもありません」

「念のために訊きますが、警部殿、吉永小百合を知ってますよね？」

「女優さんでしょう」

「どうして、そんなに落ち着いてるんですか？」

「逆に、ぼくの方が訊きたいですよ、何をそんなに慌《あわ》ててるんですか？」

「あ……もういいです。こんな質問をしたおれがバカだった。警部殿は普通の人じゃないんだ。おれとは違う次元に住んでいる宇宙人だった」

「何をぶつぶつ言ってるんです？」

「いいんです。じゃあ、入りますよ」

高虎がドアを開けながら、

「お待たせしました。『何でも相談室』の寺田と申し……」

そこで言葉が詰まる。

部屋の中で三人が待っている。

三人とも年寄りだ。男が一人、女性が二人。

当然ながら、女性たちは二人とも吉永小百合とは似ても似つかない。三人とも八〇歳くらいに見える。

「あ……。すいません。部屋を間違えたかな。ここに、確か、吉永さんが……」

「わたしですよ、吉永小百合」

「は？」

「こんな皺《しわ》くちゃばばあですいません。親が付けてくれた名前でこんな年齢《とし》になっても恥ずかしい思いをします」

小百合が恥ずかしそうに頭を下げる。

「吉永さん、先月、お目にかかりましたね？」

記憶を探るように冬彦が小首を傾《かし》げる。

「はい、あの節は、とても助かりました。こんな殺伐《さつばつ》とした世の中に、立派なお巡りさんがいて人助けをして下さる……感激しました」

「腰の具合は、いかがですか？」

「骨には異常がありませんでした。八〇を過ぎてから腰の骨なんか折ったら寝たきり生活になるのは確実ですからね。運がよかったと思います」

「警部殿、お知り合いですか？」

高虎が不思議そうな顔で訊く。

「覚えてないんですか？　ジャガイモと米粒を拾ったじゃないですか」

「あ」

高虎がハッとする。

「あのときのばあさんか」

と口にしてから、すいません、と謝る。

「いいんですよ、本当にばあさんですから」

小百合がにこりと笑う。

去年の一二月初め、ちょうどひと月ほど前になるが、通報を受けて冬彦と高虎が現場に駆けつけると、老婦人が地面に這《は》い蹲《つくば》って、道路に散らばったジャガイモと米粒を必死に掻《か》き集めていた。

その老婦人が小百合である。

いつもは行かないような遠くのスーパーで特売があることを知り、小百合は自転車で出かけた。そこで大量の食料品を買い込んだ。レジ袋がはち切れんばかりに詰め込んだ食料品を前カゴに押し込み、荷台には一〇キロ詰めのジャガイモの箱と五キロ詰めの米袋をふたつ積んだ。帰り道、バランスを崩して転倒し、腰を強く打った。道路にジャガイモが転《こぼ》がり、米粒が飛び散った。通行人が呼んでくれた救急車に乗ることを拒み、小百合は腰の痛みを堪《こら》えながらジャガイモと米粒を拾い集めようとした。それを見た通行人が今度は「何でも相談室」に通報し、冬彦と高虎が駆《か》けつけたのである。

「とにかく病院に行って下さい。治療が最優先ですよ」

冬彦が諭《さと》すように言うと、

「ジャガイモひとつ、米一粒だって無駄にできないんです。それがわたしの命綱なんですから」

小百合が涙ながらに訴える。

「安心して下さい。ぼくたちがみんな拾い集めて、お宅に届けます。ですから、今は病院に行って治療を受けて下さい」

「お願いしますよ」

「約束します」

救急車が走り去ると、冬彦は道路に這い蹲って米粒を拾い始めた。ジャガイモを拾うのは簡単だが、飛び散った米粒を拾い集めるのは大変だ。

高虎は樋村と理沙子、それに亀山係長まで呼んだ。五人がかりで、どうにかこうにか米粒を拾った。

「あのときは本当にお世話になりました。もっと早くお礼に伺《うかが》いたかったんですが、腰が痛くて外出するのが大変で……。ようやく痛みも鎮《しず》まってきたので、こうしてお礼を言うことができます」

小百合が深々と頭を下げ、つまらないものですが、と菓子折を差し出す。

「困ります。ぼくたちは仕事をしただけですから」

「エラいわあ。いくら仕事だからって、米粒を拾ってくれるようなお巡りさん、そうはいませんよ。小早川さんは警察官の鑑《かがみ》だわ。あ……寺田さんもね」

「それは、どうも」

高虎がぶっきらぼうに答える。

「お礼も言いたかったし、相談にも乗ってほしかったんです。うちの近所に住んでいる磯《いそ》松《まつ》さんご夫婦が、とても困ってるんですよ。いつも仲良くしてもらってるから何とか力になりたいんだけど、わたしにできることなんかありませんからねえ。小早川さんと寺田さんのことを思い出したんです。頼りになる人たちがいるって」

ねっ、と小百合が磯松夫婦に顔を向ける。

「そうなんです。困り果てていて、どうしていいかわからないんです。芳樹《よしき》は、いい子なんです。もう心配で心配で……」

磯松千恵子《ちえこ》が目に涙を浮かべて興奮気味に身を乗り出す。感情を抑えきれない様子である。

「そんなに興奮しないで落ち着いて話しなさい」

夫の磯松国夫《くにお》が諭すように言う。

「あなたね、なぜ、落ち着いていられるの？　芳樹のことが心配じゃないの？　何とかしてくれと頼んでも何もしてくれないで、結局、小百合ちゃんに助けてもらうことになったじゃないの」

目尻《めじり》を吊《つ》り上げ、ヒステリックに国夫を罵《ののし》る。

「旦那《だんな》さんの言うように落ち着いて事情を話してもらえませんかね？」

高虎が言う。

「お願いします」

冬彦もうなずく。

「芳樹は、わたしたち夫婦の孫です。たった一人の孫なんです。それが突然、行方知れずになってしまって……」

千恵子の目からぽろぽろと大粒の涙がこぼれる。

ほら、千恵ちゃん、と小百合がハンカチを差し出す。それを受け取って目許《めもと》を押さえながら、

「芳樹を捜していただけないでしょうか。お願いします。心配で夜も眠れないし、ごはんも喉《のど》を通りません」

「本当なんですよ。千恵ちゃん、もっとぽっちゃりしてたのに、芳樹ちゃんがいなくなってからすっかり痩《や》せてしまったんですから」

小百合も貰《もら》い泣きして鼻水を啜《すす》り上げる。

「行方不明って……いったい、いつから行方知れずなんですか？」

高虎が訊く。

「もう一ヶ月くらいよね？」

千恵子が国夫に顔を向ける。

「そうだな。最後に会ったのが一二月の初めだから、かれこれ、ひと月になるか」

国夫が落ち着いて答える。

ちらりと冬彦が国夫に鋭い視線を向けたのは、千恵子の興奮振りに比べて、あまりにも国夫が冷静に見えたからである。

「ひと月？　そりゃあ、大変だ。今まで警察に届けなかったんですか」

高虎が驚いたように訊く。

「何度も交番に足を運びました。だけど、全然相手にしてくれないんです」

千恵子が泣きながら答える。

「とんでもない交番だな。いったい、誰だ、対応したのは？」

高虎が怒る。

「寺田さんまで興奮しないで下さい。落ち着いて話を聞かせてもらいましょう。芳樹君ですが、何歳ですか？」

冬彦が訊く。

「今年二四になります」

国夫が答える。

「は？」

高虎が眉間《みけん》に皺を寄せる。

「二四って……つまり、大人ですか？」

「はい」

「事件や事故に巻き込まれたことを心配してらっしゃるんですか？」

冬彦が訊く。

「いいえ、特に」

国夫が首を振る。

「何の連絡もないんですよ。ひと月もですよ。おかしいじゃないですか！」

千恵子が金切り声を発する。

「仕事の方は、どうなんですか？　職場を無断欠勤しているとか」

「以前は工務店に勤めて左官見習いをしていましたが、ここ七ヶ月ほどは、これといって決まった仕事をしていませんでした」

国夫が答える。

「何を言うのよ。芳樹は、ちゃんと仕事を探してましたよ。ハローワークにだって通ってたし。だけど、なかなか正社員として雇ってもらえないから、仕方なくアルバイトで稼いでたんじゃないですか。こんな世の中だもの、そう簡単に仕事なんか見付からないわよ。あなたって、いつもそうなのよ。どうして芳樹を認めてあげようとしないの？　悪いところばかりほじくるような真似をして。いいところだってたくさんあるんだから、それをきちんとお話ししないと、刑事さんたちが芳樹のことを誤解するじゃないの」

目尻を吊り上げ、千恵子が鬼のような形相《ぎょうそう》で国夫を睨《にら》む。

「わかったから、そう興奮するな」

国夫が千恵子を宥《なだ》める。

「どうします、書類を書いてもらいますか？」

高虎が小声で冬彦に訊く。書類というのは捜索願を指すのであろう。

「そうですねえ……」

冬彦は小首を傾げて思案し、とりあえず、ぼくたちが話を聞いてからにしましょう、と答える。それから国夫に顔を向け、

「確認ですが、事件や事故に巻き込まれた可能性はなさそうだということですが、家出は考えられませんか？」

「家出と言っていいのかどうかわかりませんが、借金取りに追われて身を隠したことなら、これまでに何度かあります」

「今回は、どうです？」

「今のところ、うちに借金取りは来ていませんね」

「ご両親のところには？」

「言い遅れてしまいましたが、芳樹が小学生のときに交通事故で両親は亡くなっています。ですから、わたしたち夫婦が芳樹の親代わりで、何かあれば、わたしたちのところに……」

「なるほど」

冬彦がうなずく。

「通常、ご家族の誰かが行方不明になったという場合、警察に捜索願という書類を提出します。事件や事故に巻き込まれた可能性があるとき、あるいは、行方不明になったのが幼い子供だったり、お年寄りだったり、行方がわからなくなったときの状況が不自然だったりすると警察が捜査を始めますが、そうでない場合には、捜索願を全国の警察に手配するだけで、すぐに捜査をするということにはなりません」

「えっ、そうなんですか？　警察は何もしてくれないの？」

小百合が驚いたように言う。

「吉永さん、年間にどれくらいの数の捜索願が出されるか、ご存じですか？」

「見当も付きませんけど……多いんですか？」

「ほぼ一〇万件です」

「一〇万件……」

「事件や事故に巻き込まれた可能性があるものだけでも三万件です。それだけの数だと、すべてを手厚く捜査するのは不可能です。どうしても優先順位の高いものから捜査することになります」

「でも、芳樹ちゃん、ひと月も音沙汰《おとさた》なしなんですよ。千恵ちゃんだって心配してるのに……」

小百合がちらりと千恵子の顔を見る。

千恵子は、さっきまで興奮して感情を昂《たか》ぶらせていたのに、すっかりおとなしくなってしまい、ぼんやりした表情で黙り込んでいる。

「ですから、捜索願を出す前に、ぼくたちが少し調べてみます」

「まあ、本当に？」

小百合の表情が明るくなる。

「ぼくたちは『何でも相談室』ですからね。調べてみて何か怪《あや》しいことが見付かれば、すぐに捜索願を出していただき、捜査を始めることができます」

「じゃあ、それでお願いしましょうよ。ね？」

小百合が言うと、

「そうですね」

さして嬉しそうな顔もせずに国夫がうなずく。

千恵子は無表情にうつむいたままだ。

「では……」

冬彦が手帳を開き、国夫に質問を始める。

まず国夫と千恵子の名前、現住所を確認する。

行方のわからなくなった芳樹の生年月日、現住所、今現在のバイト先、それ以前のバイト先などをできるだけ詳しく訊く。交友関係は、特に念入りに質問する。

身長や体重、体にある特徴、すなわち、怪我や手術の痕跡《こんせき》、ほくろなど、事細かに確認する。写真はあとからもらうことにした。

最後に芳樹に会ったのは何月何日の何時頃か、どこで会ったのか、そのときの服装や持ち物、所持金はどれくらいだったか、携帯電話の番号、メールアドレス、趣味、好きな食べ物、嫌いな食べ物、よく出かける場所など……思いつく限り、どんなことでも質問する。

「免許は持っていますか？」

「はい」

「自分の車は持っていますか?」

「以前、オートバイを持っていましたが、今はありません。自家用車を買ったことはありません」

「逮捕歴はありますか?」

「……」

国夫が言葉に詰まる。しばらくして、

「二度ほど」

「何をしたんですか?」

「最初は、シンナーの吸引です。二度目が喧嘩《けんか》で、相手に怪我をさせてしまいまして……」

「起訴されましたか?」

「いいえ、裁判にはならずに済みました」

「それは成人してからのことですね。未成年のとき、補導歴はありますか?」

「それは何度も……。中学生のときも高校生のときもあります」

「鑑別所や少年院に入ったことはありますか?」

「それは、ないです」

国夫が首を振る。

「借金の取り立てから逃れるために何度か身を隠したことがあるということでしたが、それ以外に行方がわからなくなるような理由は思い当たりませんか？　どんなことでもいいんですが」

「すいません。特に何も」

国夫が首を振る。

「お恥ずかしい話ですが、普段、孫がどんな暮らしをしているか、正直なところ、よくわからないんです」

「そうですか」

冬彦が手帳を閉じる。

「今日のところは、これで結構です。何かわかれば連絡します」

「よろしくお願いします」

国夫と小百合が頭を下げるが、千恵子は無反応である。さあ、帰るぞ、と国夫が千恵子の腕を取って椅子《いす》から立たせる。

三人が相談室から出て行くと、

「何だか、あのばあさん急に様子が変わりましたね？　気分でも悪くなったのかな」

「それなら、ご主人や吉永さんが慌てるはずです。全然気にしてる様子がなかったし、むしろ、慣れているという感じでしたよね。たぶん、よくあることなんですよ」

「そういう病気なんですかね？」

「恐らく」

冬彦がうなずく。

「まるで別人になってしまったかのように無関心でしたからね。興味がないというのではなく、何も耳に入っていないように見えました。初めのうちは様々な感情が表情や仕草に表れていましたが、途中から何の感情もなくなってしまった。意識的な行動ではなく、何らかの病気のせいなんじゃないでしょうか。それも不思議でしたけど、もっと不思議だったのは、ご主人の様子です。気が付きましたか？」

「あまり熱心そうに見えませんでしたね。ばあさんに引きずられて仕方なくついてきた……そんな感じでしたよ」

「おおっ、すごい進歩じゃないですか、寺田さん！」

「何が？」

「洞察力が身に付いてきたということですよ。積極的に学ぼうという姿勢がなくても、ぼくのそばにいるだけで自然と観察能力が向上してるんです。よかったですねえ」

「たぶん、誉められてるんだろうけど、ものすごく不愉快だな。きっと露骨《ろこつ》に見下されているせいだと思うけど」

「細かいことはいいじゃないですか。捜査員としてスキルアップしてるんですから」

「素直に喜べませんね」

高虎が肩をすくめる。

「吉永小百合か……。ちくしょう、会わなければよかったな。そうすれば夢を見ていられたのに」

「いったい何の夢ですか？」

冬彦が不思議そうな顔になる。

「いいんです。放っておいて下さい」

「吉永さんにはまたすぐに会えますよ」

「何で？」

「だって、磯松芳樹君のことを調べていけば、また吉永さんにだって話を聞くことになるじゃないですか。磯松さんご夫婦の近所に住んでいて、奥さんとは仲良しみたいだし」

「ちょっと待って下さいよ。調べるって、どういう意味ですか？」

「もうひと月も行方がわからないんですよ」

「だって、大人じゃないですか。確か、二四と言ってたでしょう」

「大人だって行方不明になることはありますよ。事件や事故に巻き込まれた可能性もあるわけだし」

「学生時代に補導歴があって、成人してからは逮捕歴がある……そんな奴のことを何だって、そう心配するんですか？」

「だって、調べるって約束したから」

「こうも言ったでしょう。捜索願が出されたからって、すべてを順番通りに調べることはできない。どうしても優先順位の高いものから調べることになる。違います？」

「言いましたけど……。でも、どうせ暇なんだからいいじゃないですか」

「普段は、わけのわからない理論を振りかざしたり、統計を持ち出したり、規則や法律を楯《たて》にしたりするくせに、肝心なときには、暇だからやろうよで済ませるんですか。それ、あり得ないでしょう」

高虎が呆《あき》れたように溜息《ためいき》をつく。

「だって、ぼくたち『何でも相談室』じゃないですか。区民から相談を受けて何もしないわけにはいきませんよ」

冬彦が歯をむき出して、にっと笑う。

「……」

高虎が言葉を失う。

「あの～」

ドアがノックされ、樋村が顔を覗《のぞ》かせる。

「もう終わりましたか？」

「ああ、終わったよ。ここを使いたいのか？」

高虎が訊く。

「いや、そうじゃないんですよ。ぼくと安智さん、今、三番で相談を受けてるんですが、どう対応していいか、ちょっと迷うような案件でして……。よかったら、一緒に話を聞いてもらえないでしょうか」

「ちぇっ、自分たちで対応できねえのかよ。駆け出しは、これだから困るぜ」

溜息をつきながら、行ってやるよ、と高虎が言う。

「あ……寺田さんも来て下さるんですか？　もちろん、それはそれで構いませんが」

「……」

高虎が憮然《ぶぜん》とした顔で固まる。

二

「こちら、相談にいらした笹村遼一《ささむらりよういち》さんです」

冬彦と高虎が椅子に坐ると、理沙子が相談者を紹介する。年齢は三一歳で、職業は新聞記者だと説明し、京橋《きようばし》に本社のある全国紙の名前を口にする。

「新聞記者？　取材とかじゃなく、うちに相談なのか？」

高虎が訊く。

「ええ、うちに来る前に自宅近くの交番や刑事課にも相談したようですが、警察が動くのは難しいと言われたそうです」

理沙子が答え、そうですよね、と笹村に同意を求める。

「どこも相手にしてくれません。妻の実家が杉並にあって、去年の春から同居を始めました。同居といっても二世帯住宅ですが……。妻の両親が杉並中央署に『何でも相談室』という部署があって、どんな些細《ささい》なことであろうと、きちんと相談に乗ってくれるから行ってみたら、と勧めてくれたので、ここに来てみました。最初は刑事課の中島《なかじま》さんという刑事さんに話を聞いてもらいましたが、思った通りと言いますか、交番のおまわりさんと同じことを言われただけです。正直、もうあまり期待もしてないんですが、中島さんに、せっかく来たんだし、少しでも不安があるのなら『何でも相談室』に行った方がいいと言われて……」

笹村が力のない声で説明する。何も期待していないという気持ちが声に滲《にじ》んでいるかのようだ。

「どういう相談なんでしょうか？」

冬彦が訊く。

「これです」

笹村が透明なビニール袋を冬彦の前に押し遣《や》る。袋の中にはハガキが一枚入っている。

「年賀状……？」

小首を傾《かし》げながら、冬彦がビニール袋をひっくり返す。黒い縁取《ふちど》りがしてある。

あけましておめでとうございます。

ご家族の皆様が不幸になることを心から願っております。

という文章が印字されてある。

差出人の住所や名前はない。

「気味の悪いハガキですね。いたずらにしてもたちが悪い」

高虎がつぶやく。

「何か心当たりはあるんですか？」

「あります」

笹村はうなずき、新貝和正《しんかいかずまさ》という男の仕業だと思います、と言う。

「お知り合いですか？」

「いい意味での知り合いではありません」

「面倒かもしれませんが、もう一度、話してもらえますか？」

理沙子が言う。

「ええ、何度でも話します。それで何とかしてもらえるのなら……」

笹村が淡々と説明を始める。

五年前、笹村は千葉支局にいて、地方欄を担当していた。

いじめを苦にして、本村奈々《もとむらなな》という中学三年の少女が自殺した。

本村奈々の遺書をもとに学校側が聞き取り調査をしたところ、同じ三年生の女子数人が、奈々をいじめた揚《あ》げ句《く》、金銭を脅《おど》し取ったことがわかった。その金額は一〇〇万円近くにもなっており、もはや、いじめという範疇《はんちゅう》では収まらず、警察が刑事事件として対応することになった。

奈々はバドミントン部に所属しており、両親は飲食店を経営していた。仕事柄、普段から自宅に多額の現金を置いており、夕方から深夜まで奈々は小学生の弟と留守番していた。

そういう事情を不良グループが知り、奈々がいじめの標的にされた。いじめられたくなければ金を持ってこい、と脅された。際限もなく金銭を要求され、両親が留守がちで相談する相手もおらず、精神的に追い詰められて自殺したのである。

遺書には同級生数人の名前が書き連ねられていたので、警察は直《ただ》ちに彼らから事情を聞いた。

その一人に新貝直美《なおみ》がいた。新貝和正の長女である。

その事件を笹村は取材し、ただのいじめ事件ではなく、悪質な犯罪として糾弾《きゅうだん》する内容の記事を書いた。加害者たちは未成年なので個人名は伏せた。

しかし、その記事を読めば、誰が加害者なのか、その中学校の生徒や関係者には容易に察しがつく。

新貝直美が警察から事情を聞かれたのは事実だったし、遺書に名前が書かれていた同級生でバドミントン部に所属していたのは新貝直美だけだったから、加害者の一人に違いないと白い目を向けられた。

記事が出た直後、新貝和正から、

「あれは、でたらめだ。うちの直美と奈々ちゃんは大の親友だったんだ。奈々ちゃんをいじめたり、金を要求するはずがない。すぐに訂正記事を載せて謝罪しろ」

という抗議の電話がかかってきた。

新聞の記事に対して抗議の電話がかかってくることは珍しいことではない。時には会社に押しかけてきて、受付で怒鳴りまくるような者もいる。

そういう場合の対応については社内で作成されたマニュアルがある。とにかく冷静に応対し、相手の言い分を聞いた上で、きちんと調べてから連絡する、ということで納得してもらうのだ。

笹村もマニュアルに従い、

「あの記事はきちんと取材して書いたものですが、間違いがないかどうか改めて調べ直して、ご連絡いたします」

と答えて電話を切った。

もちろん、その場しのぎのごまかしなどではなく、抗議を受けた場合には、事実関係を洗い直して記事の正確さを再確認する作業を行うことになっている。

新貝和正は、本村奈々と直美は親友だったと言ったが、たとえ親友だったとしても、いじめや恐喝《きょうかつ》に関わっていなかったとは限らないし、奈々の家庭の事情を洩《も》らさなかったとも言えない。肝心なのは、いじめグループの一人として、奈々の遺書に直美の名前が書かれていたことである。それが事実であれば、新貝和正の抗議に応じる必要はない。

とは言え、笹村は自分の目で遺書を見たわけではない。警察関係のコネを使って手に入れた情報である。情報をくれた警察官に連絡を取ると、

「確かに遺書に新貝直美の名前は載っていた」

と断言した。笹村はホッとし、

「いじめグループの一人だったわけですよね？」

「そうは言ってない」

「え？」

「遺書に書かれていた生徒たちの名前を知りたいと言うから教えただけだ。たぶん、その子はいじめてないんじゃないかな」

「……」

いじめを受け、恐喝されて大金を奪われる苦悩を奈々は親友の直美だけには打ち明けて

おり、遺書には、いつも相談に乗ってくれてありがとう、という感謝の言葉が綴《つづ》られていたというのだ。

「愚《おろ》かでした。もうちょっと慎重に取材すれば、せめて、ご遺族にお願いして遺書を見せてもらっていれば……。駆け出しで経験がなかったことは言い訳になりません。上司に相談し、どういう形で謝罪文を載せるか相談しました。謝罪文といっても、元々、記事には実名を載せていませんから、新貝直美さんはいじめグループに加わっていなかった、と露骨に書くわけにはいきません。記事に書かれた内容から、彼女の周りにいる人たちがいじめグループの一人だと判断したわけですから。とりあえず、謝罪の気持ちを伝えようと、新貝さんに連絡しました。どういう訂正記事を載せればいいか、新貝さんのお考えも伺いたかったからです」

笹村は言葉を切ると、顔を上げて冬彦を見る。五年も前の話だというのに、まるで昨日のことのように思われるのか、かなり辛《つら》そうな様子である。

「でも、間に合いませんでした」

「どういう意味ですか？」

冬彦が訊く。

「その日の朝、新貝直美さんは首を吊って亡くなってしまったからです。上司と二人でお通夜に行きました。罵られるのは覚悟の上でした。殴《なぐ》られても足蹴《あしげ》にされても仕方がないと思っていました。しかし、新貝さんは力が抜けたように肩を落として坐《すわ》り込んでいて、怒鳴ったりすることもありませんでした。親族の方が遠慮してほしいと言うので、焼香《しょうこう》もできず、香典も受け取ってもらえませんでした。一週間ほどして、新貝さんが支局を訪ねてきました。まさかとは思うが、刃物でも持っているとまずいから会わない方がいいと上司が忠告してくれましたが、わたしは会うことにしました。ひと言だけでも謝罪したかったからです。新貝さんは表情も変えずにわたしの謝罪を聞いていましたが、突然、『あんた、結婚してるのか?』と訊いてきました。『いいえ、独身ですが』『じゃあ、子供もいないわけだ』『いません』『おれの悔《くや》しさや苦しみはわからないな。でも、いつか、あんたも結婚するだろう。子供だって生まれる。もし、あんたに娘が生まれたら、おれが殺すぞ』『何を言うんですか。それは脅しですか』『息子が生まれることを祈っていろ』そう言って、新貝さんは帰りました。わたしが新貝さんに会ったのは、それが最後です」

「五年前に会ったのが最後なんですね?」

「そうです」

「なぜ、このハガキを出したのが新貝さんだと思うんですか? 脅迫めいたことを言われたのは五年前で、それ以来、新貝さんに会ってないのに」

「二年前に結婚して、去年、子供が生まれました。それで妻の両親と同居することになったんです。美優《みゆう》といいます。娘です」

三

杉並中央署の三階には警務課と刑事課がある。刑事課の前を奥に進むと鑑識係の部屋がある。鑑識係は刑事課に属しているが、仕事の内容が特殊なので別室になっている。

その部屋に青山《あおやま》主任と水沢《みずさわ》小春《こはる》、それに冬彦、高虎、理沙子、樋村という「何でも相談室」の四人がいる。

「急なお願いをして申し訳ありませんでした」

冬彦が頭を下げる。笹村遼一に送られてきたハガキを調べてほしい、と依頼したのだ。

「たまたま手が空《あ》いてましたから。立て込んでいるときだと、そう簡単に引き受けられないんですが」

青山主任が言うと、

「何を言ってるんですか。十分すぎるほど忙しいじゃないですか。うちの主任、小早川警部に頼まれると断れないんですよ。もしかして催眠術とかかけて操《あやつ》ってませんか？」

小春が冬彦を睨む。

「残念ながら、ぼくは催眠術はかけられない」

冬彦が真顔で答える。

「冗談ですよ」

「で、何かわかりましたか？」

冬彦が青山主任に訊く。

「複数の指紋が採取できましたが、前科や前歴のある人はいないようです。普通郵便として投函《とうかん》されたわけですから、郵便を集荷する人、郵便を振り分ける人、郵便を配達する人……少なくとも三人くらいの手が触れていても不思議はないわけです。このハガキを送った疑いのある人、新貝さんと言いましたっけ、その人の指紋が手に入れば照合できますが」

「すぐには無理ですが、何とか手に入れます」

冬彦がうなずく。

「あとは消印ですが、どうも投函したのは八重洲《やえす》近辺のようなんですよ」

「自宅の近くからハガキを出すほどバカじゃないってことか。八重洲に住んでるとは思えないからな」

高虎が言う。

「ハガキも普通のもので特に特徴もありませんし、インクや書体からわかることもありませんね」

「つまり、手がかりはないということですか？」

「これだけでは何とも」

青山主任が首を振る。

「捜査を始めて、もっと証拠を手に入れないと駄目か……」

冬彦がつぶやくと、

「ちょっと待って下さい」

高虎が口を開く。

「そもそも、これを事件として捜査するかどうか、まだ決まってないわけですよね？　成り行きで、そのハガキを調べてもらったのは仕方ないとしても、捜査を始めるっていうのは、どうなんですか？　あの人の言いたいことはわからないでもないけど、今のところ実害はないわけだし、所詮《しょせん》、ハガキ一枚のことでしょう。ただのいたずらかもしれないじゃないですか。捜査するほどの案件だとは思えませんね。だから、刑事課だって動かなかったわけだし」

「寺田さんの言いたいことは理解できます。でも、これはきちんと調べるべきです。何かあってからでは遅い……そう思いませんか？」

「係長に判断してもらったらどうですか？」

樋村が提案する。

「うちの係長が警部殿に反対意見なんか言えると思うわけ？」

理沙子が言う。

「それもそうか……」

樋村が納得したようにうなずく。

四

一月七日（木曜日）
伝票処理に関する連絡を終えると、
「係長、お願いします」

三浦靖子が亀山係長に顔を向ける。朝礼の締めくくりだ。

「昨日、相談案件がふたつありましたが、その後は……」

「ありません！」

靖子がぴしゃりと言う。

「ということです。うちが扱うべきかどうか、いくらか疑問もあるのですが、他に相談案件もないことですし、小早川君がどうしてもやるべきだと言うので……」

亀山係長が言うと、

「係長は警部殿の言いなりだからなあ」

高虎がわざとらしく大きな溜息をつく。

迂闊《うかつ》に返事をすると面倒なことになるとわかっているから、亀山係長は聞こえなかった振りをして話を続ける。

「笹村さんのお宅に不審なハガキが届いた件は、安智さんと樋村君に担当してもらう。磯松さんのお孫さんの行方がわからなくなった件については小早川君と寺田君に担当してもらうよ。できるだけ早く解決するには、みんなで知恵を絞《しぼ》り合うのがいいだろうから、捜査で手に入った情報はみんなで共有して、何か進展があれば、すぐにミーティングをすることにしよう。では、早速、お願いします」

朝礼を終わります、と亀山係長が言うと、高虎は自分の席に着きながら、

「今の係長の発言、警部殿が言わせたんでしょう?」

と、冬彦に訊く。

「捜査情報をみんなで共有し、捜査方針をみんなで話し合うことが早期の事件解決に役立つのではないか、と意見具申したのは確かです」

「やっぱりねえ。それって、磯松さんの事件だけじゃなく、笹村さんの事件にも首を突っ込みたいから、自分がやりやすいように係長を陰で操ったということじゃないんですか?」

「感じの悪い言い方ですね。別に陰でこそこそやってるわけじゃありませんよ。係長と話しているとき、そばに三浦さんもいましたから」

ねえ、三浦さん、と冬彦が靖子に顔を向ける。

「ええ、そうだわね。小早川君が一方的にまくし立てて、係長はひと言も反論できなかったけどね」

「あれ? 何だか、それも嫌な感じですね」

「そう思うのなら、少しは気配《きくば》りを身に付けなよ。社会常識と言ってもいいけどね。目上の者を立てることを心懸《こころが》けるだけでも違うよ」

「なるほど、処世術ですね。いわゆる出世術」

「ふうん、わかってるじゃん」

「三浦さんの忠告には感謝しますが、幸いにも、ぼくは東大法学部を出て国家試験に合格して警察官になったおかげで、二八歳にして警部です。恐らく、あと五年以内に警視になるでしょうし、一〇年もすれば警視正です。その頃には、どこかの警察署の署長になっているかもしれません。出世には興味ありませんが、黙っていてもエスカレーター式に人並み以上の出世が約束されていますから、処世術を身に付ける必要性をあまり感じませんね」

「警部殿は淡々と語ってますけど、聞いているうちに、すごく不愉快な気持ちになったのは、なぜなんでしょうか?」

樋村が首を捻《ひね》る。

「それはね、あんたがどんなにがんばっても絶対に警視正なんかになれないからだよ。猛勉強して何とか巡査部長になって、定年間際にお情けで警部になる……それがあんたの天井なのよ」

理沙子が言うと、

「そんなの嫌だ。まだ二五歳なのに、人生の終わりまで見通せるだなんて」

樋村が表情を歪《ゆが》める。

「お、意外だなあ。身の程知らずと言うべきか……。樋村君、自分の人生に何を期待してるの？　君のような警察官がどんな夢を抱いているのか、ぜひ聞かせてほしいな」

冬彦が明るく言う。

「嫌です。絶対に話しません」

樋村が仏頂面《ぶっちょうづら》で答える。

「もういいですよ。警部殿と何かを話すと、どうしてこんなに面倒なのかなあ。わけがわからなくなる……」

高虎が首を振りながら、

「おまえたち、どんな捜査をするつもりなんだよ？」

と、理沙子と樋村に訊く。

「まずは新貝和正さんに会って話を聞くのが第一でしょうね。笹村さんは、ハガキを投函したのは新貝さんだと思い込んでいるわけだし、実際、その可能性が高いわけですからね。新貝さん本人がハガキの投函を認めるのか否定するのか、その答えによって、今後のやり方が変わってきます」

高虎の質問に答えたのは冬彦である。

「まさかと思いますが、この二人に指示を出したわけですか？」

高虎が目を細めて冬彦に訊く。

「指示ではありません。アドバイスと言ってほしいですね。捜査手順として何か間違っているでしょうか？」

「いや、間違ってはいませんよ。まずは新貝に会って話を聞くべきでしょう。だけど、それは安智と樋村が考えることで、警部殿がとやかく口出しすることじゃないんですよ。なあ、安智？」

「いいんですよ。寺田さんが出勤してくる前にちょっと話をしてアドバイスしてもらっただけですから。もっとも、すぐに千葉に行くのではなく、もう少し下調べしようかとは考えてましたけど」

理沙子が肩をすくめる。

「つまり、安智さんと樋村君が考えていた捜査方針を、ぼくがアレンジしたみたいな感じですね」

「アレンジねえ……」

高虎が呆れたように首を振る。

「じゃあ、わたしたちは先に出ます」

理沙子が腰を上げる。

「何しろ、千葉まで行くんですからねえ。この時間だと渋滞してるかなあ。下り方面の電車なら間違いなく空《す》いてるだろうけど、車がないと、向こうに着いてから不便ですからねえ。でも、やっぱり電車かなあ……」

ぶつぶつ言いながら、樋村も立ち上がる。

二人が部屋から出て行くと、

「おれたちは何から始めますか?」

高虎が訊く。

「もう始めてますよ」

「は?」

「今日はいつもより二時間早く出勤したんです。ごく初歩的なことですが、磯松芳樹さんの携帯が手がかりにならないかと考えたわけです……」

祖父の磯松国夫から芳樹の電話番号とメルアドを教えてもらい、何度も電話をかけたがつながらずメールを送っても返信はない。

それは国夫も試したことだったが、念のために冬彦も試してみたのだ。

芳樹の携帯にはGPS機能がついている。携帯を紛失したり盗まれたりしたときに携帯の所在を確認することができるのだ。このオプション機能を国夫は知らず、まだ試していなかった。何かわかるのではないか、と冬彦は期待したが、やはり、駄目だった。GPSの電波は携帯の電源が切られていても発信されているから、その電波をキャッチできないということは、携帯が完全に壊れてしまったか、電波が遮断されてしまう場所にあると考えられる。

「携帯料金の支払いは、どうなんですか？」

「いいところに気が付きましたね。料金未納なら、芳樹さんが何らかの事件や事故に巻き込まれた可能性が強くなりますよね。つまり、料金を支払うことができない状況に置かれている、と判断できますから。今時の若者が携帯なしで生活するとは考えられないし」

「どうなんです？」

「残念ながら携帯料金の引き落とし口座は磯松国夫さんの口座に設定されています。中学時代に携帯を買い与えて、そのままになっているそうなんです。芳樹さんが成人してから、自分の口座から引き落とすように何度も芳樹さんに頼んだそうですが、それが実現しないまま今に至っているというわけです」

「その孫、確か、二四歳でしたよね？　そんな年齢にもなって年金暮らしのじいさんの脛《すね》をかじってるわけか。だらしのない奴だ……」

高虎が顔を顰《しか》める。

「携帯では手がかりがつかめなかった、か。その次は、どうするんですか？」

「ぼくたちも出かけましょう」

「どこに行くんですか？」

「成田《なりた》西交番です。寺田さんのお友達がいるところですよ」

五

成田西交番は、鎌倉街道《かまくらかいどう》と五日市《いつかいち》街道が交差するところにある。駐車スペースにカローラを停めると、冬彦と高虎が交番に入る。

机に向かって事務処理をしていた警察官が顔を上げる。内海明《うつみあきら》巡査長だ。高虎の麻雀《マージャン》仲間である。

「寺田ちゃん、それに小早川警部殿」

内海が立ち上がって会釈《えしやく》する。

「いつ来ても役満大将《やくまんたいしよう》は真面目に仕事してるなあ。誰も見てないんだから適当にやっておけばいいのによ」

「寺田さん、内海さんの姿こそ、警察官本来の姿なんですよ。ぼくの考えでは、警察官の仕事の六割から七割は事務仕事です。報告書の類《たぐ》いがものすごく多いですからね。寺田さんのように油ばかり売っていて、よく報告書が作れるなあ、と感心しています。まあ、コンビを組んでからは、ほとんどぼくが作っているようなものですが。経験豊富な寺田さんがぼくの教育係ということになっていますが、階級はぼくの方が上ですから、本来であれば、寺田さんが報告書を書くべきなんです。でも、何しろ、寺田さんの報告書は誤字脱字が多い上に、言い回しがおかしいところばかりです。日本語文法の基礎《きそ》がわかっていない気がします。結局、書き直すことになるので、それなら最初からぼくが報告書を書く方が効率的ですよね」

「揚《あ》げ足《あし》ばかり取って、人を愚《おろ》か者扱いするのはやめてもらえませんかね。マジでうんざりしてるんですが」

「わかりました。お互いに気を付けましょう」

「お互いって、何ですか、それは？　おれが、いったい、いつ警部殿を……」

「まあまあ」

内海が慌てて二人の間に割って入る。

「何か用事があったんじゃないんですか？」

「もう警部殿を相手にするのはやめよう。疲れるだけだ。何を言われても右から左にスルーすればいいんだ。スルーだ、スルー……」

高虎が自分に言い聞かせるように、ぶつぶつと口の中でつぶやく。

「磯松芳樹さんという青年がひと月ほど前から行方がわからなくなっているそうなんです。ご存じですか？」

冬彦が訊く。

「磯松ですか……。あの夫婦、やっぱり、『何でも相談室』に行ったんですね。どうせ、ばあさんがじいさんを引っ張って行ったんでしょうが」

内海が顔を顰める。

「では、覚えてらっしゃるんですね？」

「ええ、もちろん。磯松芳樹のことは昔から知ってますよ。悪いことばかりして、何度も警察沙汰を起こしてましたから」

よかったら、お茶でもどうですか、と内海が二人を奥の待機室に招き入れる。待機室には台所があり、冷蔵庫やテーブルが置いてある。冬彦と高虎は椅子に坐る。急須《きゅうす》に新しい茶葉を入れ、内海がポットからお湯を注《そそ》ぐ。

「番茶ですが」

内海が二人の前に湯飲み茶碗を置く。

「磯松芳樹さんが荒れた生活を送っていたことは、おじいさんから聞きました」

「こういう言い方はよくないかもしれませんが、札付《ふだつ》きという感じでしたね。普通は中学高校時代に荒れていても、大人になるとおとなしくなるものですが、磯松はほとんど変わりませんでした」

「逮捕歴があるんですよね、二回？」

「ええっと……最初がシンナーで、次が傷害だったかな。シンナーのときは、うちの署が担当だったはずですが、傷害は新宿《しんじゆく》署だったか、渋谷《しぶや》署だったように記憶しています」

「補導歴もありますが、鑑別所や少年院、刑務所には入っていませんね？」

「磯松はバカじゃないから、もう一回、何かやるとやばいぞと察すると、しばらくはおとなしくするんですよ。狡賢《ずるがしこ》いというか、抜け目がないというか……」

「磯松芳樹さんに対して、いい印象を持っていないようですね？」

「正直に言えば、そうですね。補導されたり逮捕されたりしていますが、実際には、もっといろいろやってます。中学高校時代には恐喝や窃盗《せつとう》で何度も捕まりそうになってるんですよ。結果的に被害届が出なかったので何もなかったようになってますが」

「なぜ、被害届が出なかったんだよ？　それが出てれば少年院送りだったろうに」

高虎が訊く。

「ばあさんだよ」

「ばあさん？」

「磯松の両親が早くに亡くなったことは知ってるかい？　交通事故で」

「ああ、聞いたよ」

「それ以来、じいさんとばあさんが磯松を育てた。じいさんは、まあ、何て言うか、ごく普通の常識人だけど、ばあさんの方はちょっと……」

「何か、おかしいのか？」

「おかしいわけじゃないだろうが、磯松を溺愛《できあい》していたというか、とにかく、磯松がどんな悪いことをしてもばあさんは庇《かば》うわけだ。磯松が高校生のとき、同級生から金を脅し取ったことがある。相手の顔にナイフを突きつけて脅したんだ。しかも、一度じゃなく、何度もやった。気が弱くて、何でも言いなりになるような同級生に目を付けて金づるにしたんだな。被害者の親が相談に来て、被害届を出してもらうことになった。証拠もあったし、それ以前にも補導歴があったから、そのままいけば、たぶん、少年院送りになっただろう。だけど、次の日に被害届が取り下げられた」

「おばあさんが何かしたんですか？」

冬彦が訊く。

「被害者の家に出向いて謝罪したんです。孫を許してくれ、と。ただ謝罪の方法が普通ではなかった。家の前に土下座《どげざ》して、孫の罪を償《つぐな》いたいから、わたしを殺してくれ、と叫んだんですよ。それから二時間くらい、ずっと地面に額《ひたい》をこすりつけていたそうです。被害者の方でも気味が悪くなったんでしょうね、警察に通報したんですが、別に悪いことをしているわけではないので、何とか説得して帰らせようとしました。じいさんが引き取りに来て、そのときは帰ったんですよ。ところが、夜になって戻ったらしいんですね。翌朝、被害者の親が朝刊を取りに表に出ると、また、ばあさんが土下座していたらしいんです。雨が降っていましてね。ずぶ濡《ぬ》れになって土下座です。その直後に被害者の方から被害届を取り下げると連絡があったんですよ。脅し取られたお金は、じいさんが弁償《べんしょう》しましたから、一応、示談の成立という形ではあるんですが」

内海が番茶を飲む。

「なるほど、普通ではありませんね」

冬彦がうなずく。

「確かに、ちょっと変わっているというか、孫の話になると興奮しやすいようには見えたけど、そこまでアブノーマルだったとはなあ。その被害者だって、次は何をされるかわからないって恐ろしくなるよな。それ自体、一種の威嚇《いかく》というか、脅迫行為になるんじゃないんですかね？」

高虎が冬彦に訊く。

「その立証は難しいでしょうね。土下座というのは日本固有の変梃《へんてこ》な文化だと、ぼくは思ってるんですよ。言葉で謝罪することと、土下座して謝罪することに本質的な違いはないはずなのに、日本人は土下座の方を重んじますよね。最大級の謝罪として評価する。だけど、寺田さんの言うように、そこまで異常なやり方で土下座を続けられると、もし相手を怒らせたら今度は何をされるかわからない、と被害者が不安になるのは当然ですから、そういう意味では謝罪を装《よそお》った脅迫と言っていいかもしれません」

「だけど、それを罰することはできない、か」

「できませんね」

「今のは一例ですが、似たようなことが何度もあるんです。つまり、磯松が少年院や刑務所に行かずに済んだのは、ばあさんのおかげだと言っても決して言いすぎではないでしょうね」

内海が言う。

「それくらい溺愛しているから、二四にもなった孫が行方知れずになったと大騒ぎしているわけか。何だか、調べるのがバカバカしくなってきませんか、警部殿？」

高虎が冬彦に顔を向ける。

「それとこれとは話が別です」

ぴしゃりと言うと、冬彦が内海に顔を向ける。

「磯松さんご夫婦が相談に来たときのことを話していただけますか？」

「孫の行方がわからない、警察が捜してくれ……ばあさんが興奮して交番に来たんです。じいさんを引き連れて。一二月の初めから連絡が取れないと言うんです。それまでに何度も家出したり、連絡が取れなくなったことはあるが、そんなに長く連絡がないのは初めてだし、三人で年越しするのが子供の頃からの習慣で、大晦日《おおみそか》と元旦は家でおとなしくしていたのに、今年に限って、何の連絡もなく、その習慣を破るのはおかしい、きっと何かあったに決まっている……そんな話でした。あまりにも興奮していたので、最初は何を言ってるのかわからず、何度も聞き直したり、じいさんに説明してもらったりして、ようやく、今のような内容がわかりました」

内海が説明する。

「で、どうしましたか？」

冬彦が訊く。

「事件や事故に巻き込まれた可能性が強いわけでもなく、ただ連絡が取れないから捜してくれと言われても、こちらとしてもできることはほとんどありません。小学生や中学生くらいなら話も違いますが、磯松は大人ですから。それに、わたし自身、いくら話を聞いても、それほど切迫した状況だとは思えませんでした。もう少し様子を見てはどうか、と勧《すす》めて帰ってもらいました」

「おとなしく帰ったんですか？」

「幸いと言うべきか、ばあさんが急におとなしくなったので、じいさんが連れて帰りました」

「そう言えば、署に来たときも、突然、何もしゃべらなくなったんだよ。病気なのかね？」

高虎が内海に訊く。

「そうなんだろうね。ものすごくテンションが高いときと、そうでないときの差が激しくて困るとじいさんがこぼしていた。もっとも、朝から晩までテンションが高いとやりきれないだろうから、こう言っては何だが、じいさんにとってはありがたいんじゃないのかね。本人がそう言ったわけじゃないが」

「昔から、そうなんですか？」

「いいえ、ここ数年のことで、だんだん、ひどくなっているようです。ひどいというのは、興奮している時間が短くて、銅像のように固まってしまう時間が長くなっているという意味ですが」

「おじいさんは、磯松芳樹さんを捜すことに、それほど熱心ではなさそうですよね？」

冬彦が訊く。

「さっきも言いましたが、じいさんは、ごく普通の人ですよ。常識のある人です。磯松の普段の暮らしぶりがわかっているので、あまり大騒ぎする必要もないという考えなんでしょう。ばあさんがうるさいので仕方なく交番に連れてきた……そんな感じでした」

「念のために伺いますが、磯松さんが事件や事故に巻き込まれた可能性は本当にないんでしょうか？」

「可能性だけなら、もちろん、ないとは言えないと思います。しかし、それだけでは動きようもありませんし……」

内海が戸惑《とまど》った表情になる。

「あ……別に内海さんを責めているわけではないんです。内海さんの対応に間違いはなかったと思います。そうではなく、磯松さんは昔から様々な問題を起こしているし、おじいさんの話では金銭トラブルも抱えていて、何度も借金取りに追われて身を隠したことがあるそうなんです」

「今回も、そうだと言いたいわけですか？」

高虎が冬彦に訊く。

「可能性はありますよね」

「そういうことなら、おれたちが出しゃばる必要はないってことでしょう。金銭トラブルで身を隠した奴を警察が何のために捜すんですか？　民事不介入ですよ」

「自発的に身を隠しているのなら寺田さんの言う通りでしょうが、借金取りに拉致《らち》され、監禁されているとしたら事件じゃないですか」

「それは警部殿の想像でしょう？　想像だけで捜査していたら、いくら人手があっても足りませんよ。そもそも、そんな恐れがあるのなら、じいさんやばあさんが何か言ったでしょうが、昨日は何も言ってませんでしたよ」

高虎がうんざりしたように言う。

「お忙しい時間にお邪魔して申し訳ありませんでした。参考になるお話を聞かせて下さって、ありがとうございました」

突然、冬彦は椅子から立ち上がり、内海に一礼して待機室から外に出る。

「じゃあ、また麻雀、やろうぜ」

内海に挨拶して、高虎が小走りに追う。

カローラに乗り込むと、

「署に戻りますか？」

「せっかくだから磯松さんのお宅に行ってみましょう。磯松芳樹さんの写真も貸してもらいたいし」

「まだ調べる気なんですか？」

高虎がうんざりした顔になる。

「他に緊急の案件でもあれば別ですが、三浦さんからは何も連絡がありませんよ」

「こういう日に限って、どうして何もないかねえ」

高虎が暗い顔になる。

「では、行きましょう！」

冬彦は明るく元気である。


同じ頃……。

樋村と理沙子は千葉市中央区《ちゅうおうく》白旗《しらはた》二丁目の交番にいる。東京駅から千葉駅まで総武線《そうぶせん》快速に乗り、千葉駅からはバスに乗った。

交番には吉川《よしかわ》という若い巡査が一人いた。

樋村と理沙子が名乗り、訪ねてきた用件を話すと、

「新貝和正さん？」

と首を捻《ひね》る。

「五年前、中学生だった娘さんがいじめ事件への関わりを疑われて自殺しています。悪質ないじめだったようで、新聞でも取り上げられたようなんですが、ご存じありませんか？」

理沙子が訊く。

「申し訳ありませんが、わたしにはわかりません。この交番に配属されて、まだ二年ほどなので」

「もう一人の方は、どうでしょうか？」

交番には二人の巡査が常駐しており、もう一人の森永《もりなが》巡査は巡回に出かけているという。

「彼もまだ三年目ですから……」

「案内簿を見せてもらえませんか？」

樋村が訊く。

交番や駐在所の巡査の仕事に巡回連絡というものがある。担当する地域の家庭を戸別訪問し、その地域における犯罪や事故の発生状況を伝え、犯罪や事故を防ぐアドバイスをし、その家庭から何らかの意見や要望があれば、それに対応するというものだ。

巡回連絡のとき、相手の承諾があれば、緊急時の連絡先として勤務先、学校、実家などの住所や電話番号を記載してもらう。これが案内簿である。

「え～っ……」

吉川巡査が咄嗟《とっさ》に返答に窮《きゅう》したのは、近年、個人情報の管理が厳しくなり、部外者に案内簿を見せてはならないと戒《いまし》められているからだ。

しかし、同じ警察官だから部外者とは言えない、わざわざ地域課の上司に対応を確認するまでもないだろうと判断し、

「探してきます」

交番の奥に消えた。

「いじめが原因で中学生が自殺して、いじめに関わったと誤解された同級生も自殺した。二人の中学生が続けざまに自殺したわけですから、当時は大事件だったはずですが、五年も経つと忘れられてしまうんですかね?」

樋村が小声で理沙子に訊く。

「忘れたんじゃなくて、最初から知らなかったんじゃないのかな。地方欄の記事になっただけでしょう? いじめ絡みの事件、全然珍しくないし」

理沙子が答える。

「直接の担当じゃないと、そういうものなんですかね」

「次から次にいろいろな事件が起こるからね。担当した事件でも、何年も前の事件となると、わたしだって、すぐには思い出せないもの」

理沙子と樋村が話していると、

「お待たせしました」

分厚いファイルを抱えて、吉川巡査が戻ってきた。

ファイルを机の上に置き、

「ええっと、新貝さんですよね。新貝、新貝……」

吉川巡査がページをめくる。

「ありました。ん?」

「どうかしましたか?」

理沙子が訊く。

「新貝さんですが、もう引っ越されているようですね」

吉川巡査が該当ページを見せる。案内簿の下の方に赤字で「平成一八年春、転居のもよう」と記されている。

「平成一八年というと、四年前ですね。娘さんが自殺した翌年だ」

樋村がつぶやく。

「案内簿は転居を確認した後も保管しておくんですか？」

理沙子が訊く。

「転居先が近所ということもありますから、念のために保管しておきます。しかし、四年も前だし、新たな情報の記載もないから、本来なら、廃棄されるべきかもしれません」

「保管しておいてもらって助かりました。樋村」

理沙子がちらりと樋村に目で合図する。

樋村が慌てて手帳を取り出し、案内簿に記載されている内容をメモする。案内簿をコピーして持ち出すことは禁止されているからだ。

厳密に言えば、勝手にメモを取ることも許されないが、そこは警察官同士なので、吉川巡査も捜査に協力する姿勢を見せる。樋村がメモを取っている間、吉川巡査はさりげなく席を立って、奥に姿を消す。

数分後、吉川巡査が戻ってくる。もう樋村はメモを取り終わっている。

「転居先を調べたりしないんですか？」

理沙子が訊く。

「それは、ないです」

吉川巡査が首を振る。

「もし転居先を知りたいのであれば、区役所で住民票を取ればいいと思います。ごく当たり前の転居であれば、転居届を提出しているはずですから」

「当たり前でない転居があるんですか？」

樋村が訊く。

「借金取りから逃げるために夜逃げをするような場合には、わざと転居届を出さないようにするのよ。借金取りに転居先を知られないように」

理沙子が言う。

「ああ、そういうことですか」

樋村がうなずく。

「お忙しいところ、どうもありがとうございました」

理沙子が礼を言うと、樋村も頭を下げる。

「いいえ、とんでもない」

吉川巡査も律儀に一礼する。

交番を出ると、

「どうします？」

「勤務先に電話してみようか。本人とアポが取れれば話が早いし。どうせ、千葉でしょう？」

「043から始まる番号だから勤務先は千葉県内ですね」

「電話してみて」

「はい」

樋村が携帯を取り出す。電話はすぐに繋《つな》がり、相手と話し始める。

「え？　そうなんですか……。はあ、わかりました。ありがとうございました」

「どうかした？」

「新貝さんですが、会社を辞めてます」

「辞めた？」

「四年前だそうです。転居と同時に会社も辞めたんですかね」

「会社を辞めたから転居したのかもしれないわね。新しい勤務先はわからないかな」

「それは何もわからないらしいですよ。念のために会社を訪ねてみますか？」

「まずは区役所かな。転居届が出ていればいいんだけど」

六

冬彦と高虎は磯松家を訪ねることにした。

成田西公園のそばにある「ガーデンハイツ成田西」という分譲《ぶんじょう》型のマンションである。何度か改修工事が為《な》されているとはいえ、築三〇年以上経っているので、見るからに古ぼけた感じがする。四階建てだが、エレベーターはない。磯松家は三階である。

今どきの大型マンションは、建物のエントランスからインターホンで訪問先を呼び出すタイプが多いが、古いものだと直に訪問先を訪ねるタイプが普通である。だから、冬彦と高虎も、いきなり磯松家のドアの前に立ち、インターホンを押す。事前に電話連絡していたので、

「ああ、どうぞ、お入り下さい」

国夫が部屋に招き入れてくれる。

台所にもリビングにも千恵子の姿が見当たらないので、

「奥さんは、お留守ですか？」

冬彦が訊く。芳樹の行方を捜すことに国夫以上に熱心だったから、きっと冬彦と高虎の訪問を待ち構えているのではないか、と想像していたのだ。

「いますよ」

国夫がベランダに近付き、レースのカーテンを開く。ガラス戸を引き、

「おい、刑事さんたちがいらしたぞ。寒いし、もう中に入りなさい」

ベランダには物干し台や植木鉢《うえきばち》が置かれている。壁際にコンクリート製の長椅子がある。普通の長椅子とは、ちょっと違う。手すりや背もたれはついているが脚がない。腰を下ろす部分が台になっており、床とくっついている。あたかも床のコンクリートが盛り上がって長椅子の形に変化したかのように見える不思議なデザインである。

その長椅子に千恵子が行儀よく坐っている。オーバーを着て、首にマフラーを巻き、手袋もしている。

「風邪を引かないように冬場は出ない方がいいんですが、ここからの眺《なが》めが好きなんですよ」

「ああ、公園が見えますね。悪くない景色だ」

高虎がベランダに顔を出してうなずく。

「芳樹が小さい頃、よくあの公園で友達と遊んでいました。妻は心配性なので、家事をし

ながら、時々、ベランダから芳樹の様子を見守っていたんです。その名残《なごり》なんでしょうね。今でも気分がいいときには、ここに腰掛けて公園を眺めながら日向ぼっこをしています」

国夫が優しい表情で千恵子を見遣《みや》る。千恵子は穏《おだ》やかな顔でじっと公園を見下ろしている。

「坐り心地のよさそうな長椅子ですね。あまり見たことがない形ですが、このマンションの作り付けですか？」

冬彦が訊く。

「いやあ、あれは、わたしが作ったんです」

国夫が照れ臭そうに言う。

「え、磯松さんがですか？　器用なんですね」

「長く左官をやってましたから、コンクリートの扱いは得意なんですよ。大工たちと一緒に仕事をしていたので、ベンチのひとつくらい簡単に作れるだろうと思ったんですが、なかなか難しくて、あれこれやっているうちにあんな変梃なものができてしまいました。ベランダで日向ぼっこするのに手頃な椅子がないなんて言うもんですから、ついつい、その気になったのが間違いでした」

「よくできてると思うけどなあ……」

座面には窪《くぼ》みがあり、そこにクッションを入れられるようになっており、コンクリートに坐っている冷たさも固さも感じない。陽気のいい日にベンチに横になって昼寝すると気持ちよさそうだ。冬彦がそう言うと、

「誉めてもらえると嬉しいですけどね。正直、出来は悪いですよ」

国夫が笑う。

「奥さん、穏やかで楽しそうな顔をしていますね」

「何を考えているのか……。たぶん、何も考えてないんでしょう。本人にとっても気楽でいいと思うんですが……」

どうぞ、こちらへ、と国夫がリビングの応接セットを指差す。冬彦と高虎が三人掛けのソファに坐る。

リビングと繋がっている台所に立ち、

「お茶がいいですか、それとも、コーヒーの方がよろしいかな?」

と、国夫が訊く。

「お構いなく」

「わたしも喉が渇《かわ》いていたところですから、ちょうどいいんです。遠慮なさらないで下さ

い」

「では、お茶をいただきます。寺田さんは？」

「おれもお茶で」

「すぐですから」

急須に茶葉を入れ、ポットからお湯を注ぐ。その合間に、ちらりちらりとベランダに視線を走らせる。千恵子を見守っているのだ。

「どうぞ」

お盆に載せて運んできた湯飲みを冬彦と高虎の前に置く。

「ありがとうございます」

二人が頭を下げる。

「失礼ですが、奥さん、ご病気ですか？」

湯飲みを手に取りながら冬彦が訊く。

「昨日、警察に伺ったときとは別人でしょう？　昔は、いつもあんな感じだったんです。やかましくて、何かにつけて大騒ぎしてました。何年か前から、時々、頭の中に霧がかかったようになって何もわからなくなるらしくてね。霧がかかる時間が、だんだん長くなってるんです」

「それは大変ですね」

「わたしが八〇、妻はひとつ下です。老老介護ですから大変ですよ。いっそ、一日中、霧がかかっていれば、なんてことまで考えます。見ての通り、霧がかかっていると、おとなしいんです」

国夫がベランダに顔を向ける。千恵子はおとなしくベンチに腰を下ろしている。

「今はわたしも頭はしっかりしているつもりですが、いつ妻のようになってしまうかわかりませんし、不整脈も出ています。うっかり転んで骨折でもしたら、それこそ大変です。普通に生活しているように見えるかもしれませんが、ちょっとしたことで簡単に壊れてしまうような心細い生活なんですよ。いずれ妻を施設に預けなければならないでしょうが、民間の施設は高いので、できれば公立の施設に入れたいんです。しかし、同じような境遇の人が多くて、いつになったら入れるかわかりません。本当にどうしようもなくなったら民間の施設に入れますが、それほど多くの蓄《たくわ》えがあるわけではないので、少しでも入所を遅らせて費用を節約したいと思っています」

「それは大変ですね」

冬彦が本心から同情する。母の喜代江《きよえ》は五十代半ばだが心を病《や》んでいる。最近は割と落ち着いているが、何かの拍子に症状が悪化すれば、喜代江を施設に入れることも考えなければならない。国夫の苦悩は冬彦にとっては他人事《ひとごと》ではないのだ。

「まったくだ」

高虎がうなずく。

「あ……」

国夫がハッとしたように両目を大きく見開く。

「これは申し訳ない。刑事さんたちがうちに来たのは、わたしの愚痴《ぐち》を聞くためなんかじゃないのに、無駄な時間を取らせてしまって……」

「とんでもない。全然無駄じゃありませんよ」

冬彦がにこりと笑う。

「写真が必要なんですよね。探してみたんですが、古いものしかなくて」

国夫が立ち上がり、サイドボードから何枚かの写真を持ってくる。あらかじめ用意していたらしい。それらの写真をテーブルに並べる。

「どれくらい前の写真ですか？」

学生服を着ているから、最近のものではないとわかる。

「五年……いや、六年くらい前でしょうか」

「今現在の芳樹さんと比べて、だいぶ変わってますか？　顔つきとか髪型とか……」

写真の芳樹は金髪で、眉がほとんどない。かなり、突っ張っている印象である。

「今はこんな風じゃないです。眉毛もあるし、髪もこれとは違う。もっと短くて、色も違うかな」

「茶髪ですか？」

「染めてるらしいです」

「最近の写真は全然ないんですかね？」

高虎が訊く。

「以前は部屋に芳樹の写真を飾ったりしてたんですが、引っ越すときに芳樹が持って行ってしまったんです。一枚くらいどこかに残っているかもしれませんが、妻に訊かないと……」

国夫がベランダに顔を向ける。今の状態では何も訊けない、と言いたいのであろう。

「霧が晴れるには、どれくらい時間がかかりますか？」

高虎が訊く。

「日によって違うので何とも言えません」

「そうですか」

「芳樹のアパートに行けば最近の写真があるはずです」

「アパートは遠いですか？」

「近所ですよ。歩いて五分もかかりません」

「ふうん、近所なんですか。芳樹さんがアパートを借りたのは去年の夏ですよね？」

冬彦が訊く。

「ええ」

「この七ヶ月くらいはアルバイト生活だったと伺いましたが、なぜ、ここを出てアパートを借りたんですか？　お金がかかって大変だったんじゃないですか」

「わたしも、そう言いました。しかし、芳樹は言い出したらきかない子だし、妻は芳樹に甘いんです。妻のへそくりで、敷金や礼金を払ったんじゃないかと思います。詳しくは聞いてないんですが、好きな女の子ができて、その子をここに呼ぶのでは息苦しいからアパートを借りたかったんじゃないか、と思います。一度、アパートを訪ねたら、若い女の子が歯を磨《みが》きながら出てきて驚きました。同棲《どうせい》でもしていたのか、それとも、たまたま居合わせただけだったのか……。芳樹が怒って、勝手に来るなと怒鳴ったので、それからは行ってません」

「いつ頃のことですか？」

「去年の九月頃だったかな。アパートを借りて間もない頃です」

「近所なら、アパートまで同行していただき、写真を探してもらいますか？」

高虎が冬彦に訊く。

「そうしてもらえればありがたいですが……」

冬彦がちらりとベランダを見遣る。

「何でしたら、鍵をお貸しします。一緒に行ければいいんですが、妻をあの状態で一人にすることはできませんから」

国夫が腰を上げ、タンスの引き出しから鍵を取り出す。

「どうぞ。使って下さい」

「ありがとうございます」

礼を言って、冬彦が鍵を受け取る。

ソファから腰を上げようとして、ふと、

「芳樹さんはアパートの家賃をきちんと支払っていたんでしょうか？」

「最初のうちだけです。アパートを借りるとき、妻が保証人になったこともあり、わたしに内緒で妻が助けていたようです。とは言え、うちも裕福ではありませんから、いつも助けられるわけではありません。去年の一二月分は滞納したままになっていて、大家さんから催促されていますが、まだ払っていません。二ヶ月滞納が続くと追い出されるらしいのですが、今月も払えるかどうか……。そもそも芳樹がいないわけですし」

「芳樹さんが小学生のときに、ご両親が交通事故で亡くなったんですよね？　かなりの額の保険金が下りたんじゃないんですか？」

冬彦が訊く。

「芳樹が九歳のときですから一五年前です。酒気帯びの自爆事故だったので、自動車関係の保険はわずかしか下りず、生命保険とあわせても二千万くらいでした。もちろん、芳樹の財産ですから後見人としてきちんと管理するつもりでした。このマンションのローンが一千万くらい残っていたので、それを一括返済しましたが、将来は芳樹の財産になるわけですから、自分たちのために使ったとは思っていません。ただ、その一五年の間に、わたしや妻が病気や怪我で長く入院するようなこともあり、その治療費などで、かなりの金額を使ってしまったことは申し訳なく思っています。もちろん、芳樹が大学に行けるくらいの金額はきちんと残しておいたんです」

国夫がふーっと重苦しい溜息をつく。

「あの子は勉強が嫌いで中学生の頃から悪い仲間と遊び歩くようになり、うちにある現金を勝手に持ち出すようになりました。妻も芳樹には甘くて、オーディオだとか、ゲームだとか、バイクだとか、芳樹にねだられると買い与えてしまい、わたし自身、元はと言えば芳樹の両親が遺したお金だという思いから見て見ぬ振りをしてしまい、芳樹の財産はみるみる減っていきました。芳樹はかなり残っていると思っているようでしたが、もうほとんど残っていません」

部屋を出て、階段を降りながら、

「長生きするのも楽じゃないですね」

高虎が溜息をつきながら言う。

「……」

冬彦は返事をせずに黙りこくっている。

「どうしたんですか、難しい顔をして？」

「昨日も感じたことですが、おじいさんはあまり芳樹さんを捜すのに熱心ではないようですね」

「おれも、そう思います。ばあさんに比べると、あまりやる気を感じない。でも、ある意味、当然なんじゃないですか」

「なぜですか？」

「年金生活の年寄りが生きていくのは楽じゃない時代です。家族が支え合わなければやっていけないのに、孫が年寄りの脛《すね》を齧《かじ》っていたらどうなります？　中高時代は荒れた生活を送って、じいさんとばあさんに迷惑をかけ、学校を卒業してからも落ち着いた生活をしないで、年寄りにたかっている。いなくなってくれて、ホッとしたというのが正直な気持ちなんじゃないですか。そんなことは口にできないでしょうけど」

「あまり熱心さは感じられませんが、だからといって、寺田さんの言うようにホッとしているとか安心しているとか、そんな感じでもないんですよ。何かを悩んでいる、何かに苦しんでいる……そういう表情が垣間《かいま》見《み》えましたよ」

「当たり前でしょうが」

「え？」

「わかってないな」

高虎が呆れたように首を振る。

「ろくでなしとはいえ、孫は孫だ。まして、親代わりに小さい頃から育ててきたんだから、そりゃあ、かわいいでしょうよ。だけど、そばにいると面倒ばかりかけて、金もせびられる。いなくなってくれて、正直、嬉しいが、だけど、どうしているのか心配だ。それが本音でしょうよ」

「そういうものでしょうか」

「人間の心ってのは、警部殿が思ってるほど単純じゃないんですよ。複雑なんですよ。学校では教えてくれないでしょうけどね」

そんなこともわからないのか、と高虎は横目で冬彦を見ながら、ふんっ、と鼻を鳴らす。

七

磯松芳樹が借りているアパート「コーポ高岡《たかおか》」は、祖父母が住むマンションから歩いて五分くらいの場所にある。二階建てで、一階と二階にそれぞれ四部屋ずつある。さほど築年数が経っていないのか、まだ外装はきれいだが、造りそのものに高級感はない。

芳樹の部屋は二階の一番奥だ。

念のためにチャイムを鳴らしたが応答はない。部屋の中に人がいる気配もない。

国夫に借りた鍵で部屋に入る。

ドアを開けると狭い靴脱ぎ場になっている。サンダルがひとつ出ているだけだ。

床にチラシが何枚も落ちている。新聞受けから放り込まれたものだ。新聞は見当たらない。取っていないのだろう、と冬彦は考える。

靴脱ぎ場の右手に台所がある。

「意外ときれいですね。これが普通ですか？」

冬彦が高虎に訊く。

「いやあ、人にもよるだろうけど、男の一人暮らしなんて普通は汚れた食器やカップ麺《めん》のカップがシンクに山積みになってたりするもんだけどね。少なくとも、おれはそうでしたよ」

「芳樹さんは、きれい好きなのかなあ」

シンクはきれいに片付いており、洗われた食器やコップがプラスチック製のカゴに並べられている。スプーンやフォーク、箸《はし》などはマグカップに立ててある。

「しばらく部屋に戻ってないみたいですね。一日や二日くらいで、こうはならないでしょうから」

冬彦がシンクの表面を人差し指でなぞる。埃《ほこり》が薄く積もっている。水道が使われていれば、こうはならない。

引き出しを開けると、畳《たた》まれたテーブルタオルや白いナプキンが何枚も重ねてしまわれている。どのタオルにもかわいらしい模様がついている。

「女、ですかね？」

「そうでしょうね」

冬彦がうなずく。

台所の奥が六畳の居間で、その隣が襖《ふすま》で仕切られた六畳の寝室だ。

家具はあまりない。

寝室にはベッドとクローゼットがあるだけだ。どちらも量販店で売っているような安物である。ベッドには乱れたところはなく、きちんとベッドメイキングされていて、枕カバーも清潔だ。枕がふたつあるので、やはり、芳樹は女と暮らしていたのだな、と冬彦は確信する。

居間にも安物のテーブルとソファがある。あとは、テレビ、いくつかのカラーボックスといったところだ。居間も片付いており、少しも散らかっていない。

「この子ですかね、一緒に暮らしていたのは？」

カラーボックスの中に置かれている写真立てを高虎が手に取る。若い男女がにこやかに顔を寄せ合っている写真だ。

「女と暮らしたいから、金もないくせにアパートなんか借りたわけか」

「その写真を借りていきますか？」

「持っていくまでもないでしょう」

高虎が携帯を取り出し、その写真を写メで撮る。

「どうです、これで十分じゃないですか？」

写メを冬彦に見せる。

「はい。十分だと思います」

「もうちょっと調べてみますか。行方がわかる手がかりが見付かるかもしれませんよ」

「そうですね」

二人で三〇分ほど部屋を調べたが、手がかりになりそうなものは何も見付からなかった。鍵を閉めて部屋を出る。

階下に居住者の郵便受けが八つ並んでいる。芳樹のボックスにはかなりの数の郵便物が溜《た》まっている。中に入りきらないのか、ボックスの上に何通もの郵便物が載せてある。それらを手に取って、冬彦が眺める。

「郵便物を調べるのは、まずいでしょう」

「開封はしませんよ。ふうん、ほとんどが去年の日付だなあ。一二月の初めに行方がわからなくなってから部屋に戻ってないのかもしれませんね。それにしても、ローン会社からのものばかりだ。督促状《とくそく》ですね」

「それだけ金に困っていたということでしょう。やっぱり、借金取りに追われて姿を隠したんじゃないのかなあ」

「その可能性は否定できませんね。でも、姿を隠しても借金がなくなるわけじゃないんだから、いつまでも隠れているわけにはいかないと思うんですけどね。ひと月も行方がわからないというのはおかしくないですか？」

「甘いなあ、警部殿は」

「何がです？」

「今まで誰かから借金したことありますか？」

「ありません」

「てことは、ローン会社やサラ金の取り立ての恐ろしさを知らないってことだ。それが闇金だったりしたら、もっと大変ですからね」

「そんなに大変なんですか？」

「ええ、大変ですよ。のんびりうちになんかいられないでしょうね。連中は職場にも平気な顔で押しかけてくるから仕事だって手につかなくなる。追い込みをかけられたら、後先を考えずに、とりあえず逃げようとする……何の不思議もありませんよ」

「ふうん、そういうものですか。とても勉強になります」

二人がアパートを出る。

小路《こうじ》の向こうから若い女性が歩いてくる。すれ違いざま、

「失礼ですが、磯松芳樹さんのお知り合いの方ですよね？」

冬彦が声をかける。部屋にあった写真に芳樹と一緒に写っていた女性である。その途端、その女性は踵《きびす》を返して、いきなり走り始める。

「え」

冬彦は呆然《ぼうぜん》として咄嗟《とっさ》に動くことができない。

高虎が追いかける。

一呼吸置いてから、ようやく冬彦も走り出すが、元々、走るのは得意ではないから、のろのろしている。普段、ろくに運動もしていないので、三〇メートルも走ると息が上がる。ハアハアと荒い息遣《いきづか》いで歩き出す。もう走るのは諦《あきら》めた。

角を曲がると、ちょうど高虎がその女性に追いついたところだ。

高虎は足が速い。冬彦より一回り以上も年上なのに、よほど運動神経がいい。

「放してったら！　何するんだよ。大声を出すよ。警察を呼んでやるから」

その女性が高虎の腕を振り払おうとしている。

「その必要はないぜ。おれが警察だからな」

高虎がポケットから警察手帳を取り出して見せる。

「え？　警察の人なの」

「誰だと思って逃げたんだ？」

「借金取りだと思ったんですよね」

　ようやく追いついた冬彦がにこりと笑う。

八

　その女性は西村春菜《にしむらはるな》と名乗った。

　思った通り、芳樹と付き合い、去年の一一月まで同棲していたという。芳樹がアパートを借りたのが九月だから、一緒に暮らしたのは、わずか三ヶ月である。以前、芳樹が左官見習いとして働いていた長塚《ながつか》工務店で事務社員をしている。二一歳である。

　春菜は、高虎と冬彦が本物の警察官だと納得すると部屋に戻って話をすることに同意した。

　今日は、部屋に残してある荷物を取りに来たが、借金取りに見付かることを警戒していて、だから、冬彦に声をかけられたとき、二人がその筋の人間ではないかと勘違いして逃げ出したのだという。警察官が一緒に部屋に行ってくれれば、万が一、借金取りと鉢合《はちあ》わせしても安心だと考えて、一緒に部屋に行くことにしたらしい。

「あまり長居したくないので、荷物をまとめながら話すってことでいいでしょうか？」

部屋に入ると、春菜が訊く。

「ええ、構いませんよ」

冬彦がうなずく。

「それじゃ……」

春菜は、折り畳むとコンパクトサイズに収まるナイロン製のバッグをふたつリュックから取り出し、居間に広げる。

「小物なんかは置きっ放しでもよかったんですけど、洋服はそうはいかなくて」

寝室のクローゼットからブラウスやジャケット、コートを取り出してバッグに詰め始める。

「芳樹さんと連絡は取り合ってるんですか？」

冬彦が質問する。

「いいえ、全然です」

春菜が首を振る。

「あ〜っ、念のために言うけど、おれたちは別に彼を逮捕しようとか、そういうわけじゃないから。じいさんとばあさんに頼まれて捜してるだけだ。警戒しなくていいからな」

　高虎が自分たちの立場を説明する。

「今どきの警察って親切なんですね。人探しまでしてくれるなんて」

「ぼくたち、杉並中央署の『何でも相談室』の者なんですよ。住民の方が困っていれば、その相談に乗るのが仕事です」

　冬彦がにこっと笑いかける。

「わたし、嘘《うそ》はついてません。芳樹とは先月の初めから会ってないんです」

「正確な日にちは、わかりますか？」

「ええっと、一二月五日の土曜日です。昼過ぎに一時間くらいコーヒーショップで会いました」

「それが最後ですか？」

「会ったのはそれが最後で、携帯で話したのは、次の日、六日の日曜日が最後です」

「よく覚えてるんだな」

　高虎が感心する。

「前々から、その日曜日に二人で出かける約束をしてたんです。渋谷か新宿に行って、クリスマスプレゼントを買ってやるって。まあ、そんなのんきなことをしてる状況じゃなかったし、お金がないことも知ってたんで、わたしは全然期待もしてなかったんですけど、芳樹は気にしてて、土曜日に会ったときも、お金さえ用意できれば心配ないし、その当てもあるからって……。結局、それは無理だったみたいで、日曜日の電話では、やっぱり、今日は出かけられない、申し訳ないって謝ってました。そのとき、部屋には絶対に戻らないように釘を刺されたんです。何をするかわからない連中が目を光らせてるから、おまえが捕まったら大変なことになるって。それ以来、芳樹から連絡はないし、こっちから電話をかけても繋がらないし、必要なものもあったので、思い切って来たんです」

「今日、仕事は休みなんですか？」

「午前中で終わりでした。明日から通常業務です。それもあって、今日、来てみたんです」

「何をするかわからない連中ということは、サラ金じゃないよね？　闇金ってことかね」

高虎が訊く。

「バックにヤクザがついているようなところからお金を借りたみたいです。詳しくは教えてくれませんでしたけど……」

「どれくらいの金額かわかりますか？」

「最初は、一〇万円くらいだったはずです。保証人もいらないし、割と簡単に貸してくれるけど、その代わり、利息がすごく高いと言ってました」

「そのお金を何に使ったんでしょう？」

「失業中で収入がないから、家賃とか食費とか、携帯料金とか……普通の生活費ですよ」

「金がないのに部屋を借りて、ここで二人で暮らしてたわけだよね？」

「それなりに計画は立ててたんですよ」

　春菜がムッとした顔で答える。高虎が咎《とが》めるような口調だったからだ。

「本当なら去年の秋から新しい職場で働けるはずだったんです。小さな工務店ですが、最初の半年ぐらいは左官見習いなので臨時雇いだけど、見習い期間が過ぎれば正社員にしてもらえる約束でした。九月の下旬に社長が交通事故で亡くなって、後を継ぐ人もいないので奥さんが廃業を決めたんです。急な話だったし、さすがに芳樹も慌てました。アパートを引き払って実家に戻った方がいいんじゃないか、とわたしも勧めたんですが、もう敷金や礼金も払ってしまったし、家賃も前払いしてあるし、急いでアパートを出ても礼金が戻ってくるわけじゃないから、何とか別の仕事を探してみるからって。今になって考えると、それがよくなかったんですね。思い切って引き払えばよかった」

「西村さんは仕事をしてるわけでしょう？」

　冬彦が訊く。

「わたしが養《やしな》えばいいじゃないかっていう意味ですか？」

「ええ、結婚はしてなくても同棲しているということは、二人で暮らしを守っていくのが普通なのかな、という気がするんですが」

「わたしの給料、額面だと一八万くらいですけど、手取りは一三万くらいです。そこから生活費として芳樹に三万円渡す約束をしてました。うちは母子家庭で、母はパートをしてますが、妹は高校生で、弟はまだ中学生なんです。パート代だけではやっていけないので、実家に毎月五万円入れてます。このアパートで生活することになっても、その五万円は渡す必要がありました。わたしの手許には五万しか残らなくて、それでやり繰りしてたんです。芳樹を養うなんて、わたしには無理です。できることなら、そうしてあげたかったけど……」

　春菜が興奮気味に一気に話す。頬が紅潮《こうちょう》し、心なしか目が潤《うる》んでいる。

「そもそも、なぜ辞めたんでしょうか？」

　春菜の涙など少しも気にする様子もなく、冬彦が平気な顔で質問を続ける。

「社長と合わなくて……。すごく仕事に厳しいので」

「我慢できなかったわけですね」

「ええ」

「芳樹さんの行き先に心当たりはないでしょうか？」

「実家にいるんじゃないんですか？」

「実家にも先月から戻ってないんです。おじいさんとおばあさんが最後に芳樹さんと会ったのも、たぶん、西村さんが最後に会った頃だと思います」

「てっきり実家にいるのかと思ってました」

「他に行きそうなところはありませんか？」

「他と言っても、お金がないから、どこにも行けないんじゃないですか」

「友達の家とか、どうですか？」

「芳樹がつるんでるような友達は、みんな貧乏だからお金なんか貸してくれないし、泊めてもらうにしても、せいぜい、二日とか三日くらいじゃないでしょうか。結局、実家のおじいさんたちに頼るしかないと思います。これまでも、そうだったから」

「念のために、彼が親しくしていた友達の名前と連絡先を教えてもらえますか？」

冬彦が手帳を開く。

「困ったときに芳樹が頼りそうな相手は……」

春菜が二人の名前を口にする。

芳樹の交友関係については国夫と千恵子に確かめてあるから、ダブルチェックのつもりで冬彦は質問した。国夫たちは五人の名前を教えてくれたが、春菜が口にした二人の名前もその中にあった。冬彦は、その二人の名前の前に星印を付けた。

以前に勤めていた職場やバイト先の人間関係についても質問したが、特に目新しい事実や役に立ちそうなことはなかった。

「あの……そろそろ帰りたいんですけど」

春菜は必要な荷物をふたつのバッグに詰め終わっている。

「じゃあ、最後にひとつだけいいですか？」

「はい」

「磯松芳樹さんですが、評判が悪いですよね。中学・高校の頃から悪さばかりしている。警察の厄介《やっかい》にもなっている。学校を出てからも、あまり真面目にならなかったみたいですし、仕事も長続きせず、たまにバイトをして、お金がなくなるとおじいさん、おばあさんの脛をかじっている。直《じか》に会ったわけではないのでよくわかりませんが、見かけだって、取り立てていいというわけではなさそうです」

「そんなクズみたいな男と、なぜ、付き合って、同棲までしたのか、と訊きたいわけですか？」

「まあ、簡単に言えば、そうです」

冬彦がうなずく。

「お金もない、仕事もない、頭も悪い、将来の見通しもない……何もないじゃないですか」

「警部殿、それはちょっと……」

さすがに言い過ぎだろう、と高虎でさえ慌てる。

「面白い人なんですよ」

「面白い？」

「わたしを笑わせてくれるんです。それに嘘をつくのもうまいんです」

「嘘？　それが彼の魅力なんですか？」

「誤解されそうな言い方をしてしまいましたけど、嘘と言っても、変な嘘じゃないんです。うまく言えないんですけど……どう言えばいいかな、面白いことを言って笑わせてくれて、時々、できもしない嘘をつくんです。銀座《ぎんざ》でダイヤの指輪を買ってやるとか、来年、ハワイに遊びに行こうとか、そんなの無理に決まってるし、だから嘘なんですけど、別に悪気はないんです。話し方がすごく上手で、芳樹の話を聞いていると、嘘だとわかっていても、何だか、本当に実現しそうな気になるんです。仕事が楽しいわけじゃないし、うちにいても母親は溜息をついて愚痴ばかりこぼしてるし、楽しいことなんか何もないんです。芳樹と付き合うまで、わたし、滅多《めった》に笑うことなんかなかった。でも、付き合うようになったら一日に一度か二度は涙が出るくらい大笑いするようになりました。一緒に暮らせば、もっと笑えるかな、もっと楽しいかな……そう思ったから同棲することにしたんです」

「楽しかったですか?」

「初めのうちは楽しかったです。だけど、お金に困るようになってからは気持ちに余裕がなくなったのか、あまり笑わせてくれませんでしたね」

「なるほど……」

冬彦はうなずくと、お引き留めしてすいませんでした、彼から連絡があったら知らせて下さい、と名刺を差し出す。

春菜は冬彦の名刺を受け取ると、自分の名刺も差し出した。

「じゃあ、わたしは、これで失礼します」

大きなバッグを両手に持って、春菜が玄関に向かう。

「駅まで送っていきますよ。いいでしょう、警部殿?」

「ええ、構いませんが」

「大丈夫ですから」

春菜が遠慮する。

「いいんですよ。不愉快な質問に真剣に答えてくれたお礼です。おれだったら、警部殿を殴《なぐ》って、さっさと部屋を出て行ったでしょうからね」

「え」

春菜が驚いたように両目を大きく見開く。

「すいません。冗談です」

高虎が肩をすくめる。

しかし、その目は笑っていない。

九

夕方、「何でも相談室」でミーティングが行われた。

冬彦と高虎、理沙子と樋村が、調べている案件について、それぞれ報告したのだ。

まず冬彦たちの報告である。

成田西交番で内海巡査長から、ガーデンハイツ成田西で磯松国夫から、コーポ高岡で西村春菜から聞いたことを、かいつまんで話した。

「事件性は、ありそうなんですか？」

冬彦が話し終えると、理沙子が訊く。

「かれこれ一ヶ月、家族にも恋人にも何の連絡もないし、彼がどこにいるのかもわからない。どこかに隠れているにしても先立つものがない。借金取りから逃げているにしては、何となく腑《ふ》に落ちない点が多いのは確かだね」

冬彦が答える。

「とは言え、少なくとも刑事事件ではないよな」

高虎がつぶやく。

「もし磯松芳樹さんが借金取りに見付かって、どこかに監禁されているとしたら立派な犯罪ですよ。事件じゃないですか」

樋村が言う。

「なぜ、借金取りが監禁するのよ？」

理沙子が訊く。

「脅してお金を払わせるためでしょう」

「本人は無一文なのよ」

「おじいさんとおばあさんに払わせるとか」

「何の要求もしてきてないじゃない」

「じゃあ、借金を払わない見せしめとして殺しちゃうとか。で、闇組織を使って臓器売買して貸したお金を回収しようとする……」

「おい、何の証拠もないのに仮定でモノを言うな。そんなことを言ってたら、キリがないんだよ。現実に起こっている犯罪に対処するのが警察だろうが？　起こっているかもしれない……そんな前提で捜査していいのか？」

高虎が不機嫌そうに舌打ちする。

「寺田さんの言うことにも一理ありますね」

理沙子はうなずき、係長はどう思われますか、と亀山係長に水を向ける。

「え」

亀山係長がどきっとした顔になる。部下に意見を求められるのが苦手なのだ。

「寺田君や安智さんの言うように、あまり事件性は感じられないかなあ……」

ちらりちらりと冬彦の顔色を窺《うかが》いながら、亀山係長が慎重に答える。冬彦に反論されることを恐れているのだ。部下とはいえ自分より階級が上だし、冬彦は弁が立つ。とても歯が立たないとわかっている。

「証拠がないのは確かですが、何となく気になるんです。幸い、今は他に手がけている案件もありませんし、もう少し調べさせていただけないでしょうか？　お願いします」

冬彦が低姿勢で頼む。

「そ、そうだね。忙しいわけでもないし、もう少しくらいならいいかな、うふふっ……」

「係長、しっかりして下さいよ。警察が扱うような案件じゃないでしょう？」

高虎が呆れ顔で、警部殿に気を遣いすぎなんですよ、と苦言を呈《てい》する。

「もう少しだけということだから」

亀山係長が薄ら笑いを浮かべる。

「じゃあ、磯松芳樹さんの件は、もう少し調べるということでお願いします。安智さんたちは、どんな感じだったんですか？」

冬彦が訊く。

「警部殿のアドバイスに従って、千葉に行ってきました。まず、新貝さんが住んでいた地域を担当している交番に行き、吉川という巡査から話を聞きました。吉川巡査は、中学生の自殺事件については何も知りませんでした。案内簿を見せてもらったんですが、新貝さんは四年前に転居してました」

樋村が説明を始める。

「四年前というと……」

冬彦が首を捻る。

「自殺事件のあった翌年です。しかも、転居と同じ時期に会社も辞めています」

「会社まで？」

「娘さんの自殺がショックだったんじゃないでしょうか……これは想像ですけど」

理沙子が口を挟む。

「念のために新貝さんが住んでいたマンションに行って管理人に話を聞きましたが、その管理人が勤務を始めたのは二年前からだということで、新貝さんたちについては何も知りませんでした。マンションの住人にも聞き込みをしたんですが、ぼくたちがすでに知っていることに付け加えることができるような目新しい事実は何もわかりませんでした。で、区役所に行って転居先を調べました。転居先は習志野《ならしの》です。転居の理由はわかりません」

手帳をめくりながら、樋村が説明を続ける。

「千葉市から習志野市に向かいました。京成《けいせい》電鉄の谷津《やつ》という駅が最寄りで、近くに谷津干潟《ひがた》があります。UR賃貸に入居したようです。しかし、そこも三年前に転居していました」

「また引っ越したのか？　せっかくUR賃貸に入ったのに、たった一年で引っ越すなんてもったいないな。東京じゃあり得ないぜ」

　高虎が首を捻る。

「そのあたりの事情はわかりませんが、ひとつわかったことがあります。新たな事実の発見です」

「もったいぶるんじゃねえよ。さっさと言え」

　高虎が促《うなが》す。

「市役所で転居先を調べたんですが、もう新貝じゃなくなってたんですよ」

「どういう意味だ？」

　高虎が訊く。

「新貝さんの奥さん、由美子《ゆみこ》さんというんですが、転居したのは益山《ますやま》由美子さんと娘の久美《くみ》さんの二人だけなんです。転居を機に旧姓に戻ったわけです」

「離婚したということ？」

　冬彦が訊く。

「そういうことだと思います。転居届が出されたのは、その二人分だけで、新貝和正さんの住民票は移されていません」

「奥さんと娘は転居届を出して引っ越し、旦那だけは転居届を出さずに、どこかに消えた

「……そういうことか？」

高虎が質問する。

「そう考えるのが自然だと思います」

樋村がうなずく。

ミーティングが終わった後、冬彦と高虎はまた出かけた。

工務店に就職する話が相手側の都合で流れてしまい、生活に窮《きゆう》した磯松芳樹は急場をしのぐため、友達に紹介してもらった居酒屋でバイトを始めた。一〇月の初めから、行方知れずとなる一二月の初めまで、ほぼ二ヶ月間、その居酒屋で働いた。店の営業は午後六時からで、日中は店に人がいないというので、開店時間に合わせて訪ねることにしたのである。

その店は、高円寺《こうえんじ》駅の北口を出て、五分ほど歩いた場所にあった。あたりには飲食店が軒《のき》を連《つら》ねている。まだ時間が早いのか、開店している店より「準備中」とか「支度中」という札を出している店の方が多い。

冬彦と高虎が訪ねた「彦八《ひこはち》」という居酒屋も引き戸に筆書きの「支度中」という木札がぶら下げられている。

「開店まで、あと一時間くらいですね。ここで待ちますか？」

木札を見つめながら冬彦が言う。

「は？　なぜ、待つんですか」

「だって、開店は六時ですから」

「何を言ってるんですか。おれたちは客じゃないんですよ」

呆れたように小さな溜息をつくと、高虎が縄暖簾《なわのれん》をかき分けながら引き戸を開ける。

掃除をしている法被《はっぴ》姿の若い女の子が、

「すいません、お店、まだなんですよ～」

と笑顔を見せる。

「ここに田代昌也《たしろまさや》さんが勤めてますよね」

「はい。田代にご用ですか？」

「ちょっと会いたいんですけどね」

「お待ち下さい」

奥に引っ込むと、田代さんにお客さんです、と大きな声が厨房《ちゆうぼう》から聞こえてくる。

「はい！　ただ今」

返事をする男の声も大きい。

「店員同士は大声で怒鳴り合うことになってるんですかね？」

高虎が怪訝《けげん》な顔になる。

「お待たせしました、田代です！」

法被を着て、前掛けをした男が現れる。額に白い鉢巻《はちま》きをしている。顎鬚《あごひげ》を生やしているせいか、やや老け顔に見えるが、磯松芳樹と同い年だから二四歳のはずである。芳樹の親しい友人として、国夫と春菜が揃って名前を挙げた二人のうちの一人である。

「杉並中央署の寺田といいます」

「同じく小早川です」

「え？　警察の人ですか」

驚いたような顔になる。

「磯松芳樹さんの行方を捜しています」

「芳樹を？　あいつ、また何かしたんですか」

「なぜ、そう思うんですか？」

冬彦が訊く。

「だって、警察が芳樹を捜しているのなら、何か悪さをしたんじゃないかと思って……。これまでにも何度も警察の厄介になってるし」

「最後に磯松さんと会ったのは、いつですか？」

「先月の初めです。ええっと……金曜日の夜だったかな。仕事が終わった後、一緒にラーメンを食べて別れて、それっきりです。あいつ、次の日から仕事に来なくなったから」

「連絡は？」

「向こうからは全然ないです。こっちからは数え切れないくらいしましたよ。電話にメール、アパートにも行ったし、実家も訪ねました。でも、見付からないし、連絡も取れません。いきなり仕事に来なくなって、おれも立場がないんです。仕事がないって言うから、店長に頼み込んで雇ってもらったのに……」

「彼が行きそうなところ、心当たりはありませんか？」

「わからないです。アパートにも実家にもいないみたいだから、もしかして知り合いのうちにでも転がり込んでるんじゃないかと思って、あちこち電話したんですが、どこにもいないんです」

「急に姿を隠さなければならなくなった理由について、何か思い当たりませんか？」

「そんなことがあるとしたら、やっぱり、お金だと思いますけどね。いろいろ借金してたみたいだし」

「田代さんからもですか？」

「おれも貸してますけど、五万くらいです。昔から金にだらしのない奴だから、貸した金は返ってこないものだと諦めてますよ。だから、大金は貸しません。まあ、大金なんかありませんが……。二千円とか三千円とか、その程度のお金を貸して、それが積もり積もって五万円という感じです」

「田代さんと磯松さんは親友なんですよね？」

「ええ、そう思いますけど」

「その田代さんに行方も告げずに姿を消すというのは変じゃないですか？」

「おれもそう思うんですけど、実際、どこに行ったのかわからないわけだし……」

「今までも、こういうことはあったんでしょうか？」

「芳樹とは中学のときから一緒ですが、中学や高校のときは、プチ家出っていうか、実家で面白くないことがあると何日か友達の家に転がり込むみたいなことはありました。高校を出てからも、仕事をさぼっていなくなることはありましたが、大抵は誰かと一緒に遊びに行くだけで、長くても三日くらいで帰ってきました。こんなに長く連絡がつかないのは初めてです」

「本当に何もご存じない？」

　そう質問しながら、冬彦がじっと田代の目を見つめる。

「ええ、何も」

田代が生真面目な表情でうなずく。

「……」

尚《なお》も冬彦は見つめ続ける。

「あの……」

居心地が悪くなったのか、田代がそわそわし始める。

「あ〜っ、すいません。正直に話して下さったようですね。磯松さんがどこにいるのか、本当に何も知らないんですね」

「そう言ってるじゃないですか」

「わたしは、あまり言葉を信用しません。だけど、表情や仕草は嘘をつかないんです」

「何のことですか？」

田代が小首を傾げたとき、

「おい、いつまで無駄話をしてるんだ！」

大きな声を出しながら、店の奥から四〇がらみの恰幅《かっぷく》のいい男が現れる。法被姿で、田代と同じように前掛けをつけている。

「もうすぐ店を開けるぞ。何をやってるんだ」

「すいません、店長。警察の人が磯松の話を聞きに来たんです」

「磯松の話を？」

　店長が冬彦と高虎をじろりと睨む。

「店長の亀岡《かめおか》と申しますが、磯松はうちとは関わりのない人間です。そろそろ店を開けますので、用が済んだらお引き取り願えますか」

　言葉遣いは丁寧だが、断固とした口調だ。

「関わりがないとおっしゃいましたが、ここに勤めているのではないんですか？」

　冬彦が訊く。

「一ヶ月も音信不通で無断欠勤しているわけですから、もう辞めたものと考えています。本人にそのつもりがなくてもクビです」

「最後にひとつだけいいですか」

「何でしょう？」

「給料は、どうなっていますか？」

「給料？」

「先月の初めまでは勤めていたわけですから、その分の給料が発生していますよね？」

「働いた分は、きちんと振り込んだはずです。本来なら、こっちが大きな迷惑を被《こうむ》ったわけですから、向こうから迷惑料をもらいたいくらいですが、まあ、田代の友達ということで大目に見たわけでして」

「なるほど……」

冬彦がメモを取りながら大きくうなずく。

「ちなみに金額は、どれくらいでしょうか?」

「帳簿を見ないと正確な数字はわかりませんが」

「大体で結構です」

「七万くらいだと思います。一一月分ですね。一二月分の振り込みは今月末ですから」

「一ヶ月分の給料にしては少ないような気がしますが……。そうでもないんでしょうか?」

「うちも毎晩忙しいわけじゃないんです。週の初めは暇ですから、磯松には週末を中心に週に四日くらい来てもらってました。出勤は月に一五日前後でしたから、そんなものですよ」

「わかりました。ありがとうございます」

一〇

一月八日（金曜日）

樋村と理沙子が千葉に向かったのは、午後二時過ぎである。

午前中、新たに「何でも相談室」に持ち込まれた案件を処理していたせいで出発が遅くなったのだ。

新貝和正と離婚し、旧姓に戻ったと考えられる益山由美子は習志野市から八千代《やちよ》市に転居している。戸籍を調べると、由美子の実家が八千代市のゆりのき台にある。離婚を機に実家の近くに転居したということらしかった。

最寄り駅は東葉《とうよう》高速鉄道の八千代中央駅である。

南阿佐ヶ谷《あさがや》からだといくつかルートが考えられるが、どのルートを選択しても一時間以上かかる。

二人は荻窪《おぎくぼ》に出て、東西《とうざい》線の西船橋《にしふなばし》行きで中野《なかの》に向かった。中野で東西線快速の東葉勝《かつ》田台《ただい》行きに乗り換える。この快速に、ほぼ一時間乗ることになる。

「ゆっくり寝られていいよね。空いてるし」

そう言うと、理沙子は目を閉じる。その直後、寝息が洩れ始める。

「寝付きがいいなあ。ゆっくり打ち合わせでもしようと思ったのに。仕方ない。おれも少し寝るかな。ゆうべ、遅かったし」

電車の中で読み直そうと思っていたメモをバッグにしまうと、腕組みして樋村も目を閉じる。三〇秒も経たないうちに樋村もいびきをかき始める。

結局、二人は八千代中央駅に着くまで眠りこけ、危うく乗り過ごすところだった。

駅を出たのは三時半過ぎである。

益山由美子のうちは、ゆりのき台一丁目、駅から徒歩で一五分ほどのところにある高木《たかぎ》ハイツというアパートだ。

事前にアポは取っていない。

被害者の関係者に会うときは基本的にアポを取るが、加害者もしくは加害者である可能性のある人物の関係者に会うときはアポを取らないことが多い。理由は単純で、断られてしまうからである。

二階建ての小さなアパートである。

表札には「益山」と出ているだけだ。

女所帯だから名字だけなのであろう。

チャイムを押すが、応答がない。しばらく待って、もう一度、押してみるが応答はなく、室内に人の気配も感じられない。

「留守ですかね？」

「まあ、想定内だけどね」

理沙子がうなずく。母と娘の二人暮らしだとすれば、母親は仕事、娘は学校だろう。新貝直美が自殺した五年前、妹の久美は九歳だったから、今は一四歳、中学生になっている。中学生が帰宅するには早い時間だ。

「実家に行ってみますか？」

「そうね」

せっかく杉並から八千代市まで時間をかけてやって来たというのに由美子に会うことができないのでは、まるっきりの無駄足である。アポなしの訪問では、往々にして起こることだ。

樋村と理沙子が落胆していないのは、由美子の実家が近所だとわかっているからである。たとえ由美子が留守でも、実家に行けば何かしら話を聞くことができるだろうし、由美子の職場を教えてもらうこともできるだろうと高《たか》を括《くく》っている。

もっとも、最初に由美子に会うことができれば実家に行くつもりはなかった。まだ立件されたわけでもなく、そもそも、笹村遼一に不吉なハガキを送ったのが新貝和正だという証拠もないから、できるだけ穏便《おんびん》に済ませたかったのだ。

実家もゆりのき台一丁目で、由美子のアパートから歩いて一〇分ほどである。

「こんなに近所なら、わざわざアパートなんか借りないで実家で暮らせばいいと思いませんか？」

樋村が首を捻る。

「何か事情があるんじゃないのかな。人それぞれだから」

「離婚して母子家庭になったら生活していくのも大変だし、家賃だってバカにならないと思うんですけどね」

「家賃の心配をしに、ここに来たわけじゃないわよ。ほら、あそこじゃない？」

理沙子の視線の先に古ぼけた二階建てのアパートがある。壁に白樺荘《しらかば》と黒字で書かれているが、その字もかなり色褪《いろあ》せて霞《かす》んでいる。

「ああ、これならわかるな」

「何が？」

「古くて狭そうなアパートじゃないですか。お年寄りが二人で暮らすのならいいでしょうが、そこに家族が二人も増えたら息が詰まりますよ」

「外から見ただけで、そんなことまでわかるわけ？」

「うちがこんな感じだったんです。今はもう少し広いマンションに引っ越しましたけど、ぼくが子供の頃は、狭いアパート暮らしで自分の部屋もありませんでした」

「ふうん、苦労したんだね」

「別に苦労はしてませんよ。貧乏だったけど、ごはんは腹一杯食べてたし、学校にもちゃんと通わせてもらってましたから」

樋村は、あっけらかんとしている。

部屋は一階の奥である。

表札には、「益山鉄男《てつお》　静子《しずこ》」とある。鉄男が七二歳、静子が六九歳である。そこまで調べてある。

チャイムを鳴らす。

しばらく待つが応答がない。

また押す。

「いると思うんですけどね」

「うん」

由美子の部屋を訪ねたときと違い、部屋に人のいる気配がするのである。テレビの音声らしきものも洩れ聞こえている。

またチャイムを押そうとしたとき、

「どちらさま？」

という女性の声がドアの向こうから聞こえた。

力のない、か弱い声である。

「警察の者です」

「え、警察？」

鍵を回す音がして、小柄な年寄りが顔を出す。益山静子だ。

「杉並中央警察署生活安全課の安智です」

警察手帳を提示しながら、理沙子が名乗る。

「同じく樋村です」

樋村も警察手帳を示す。制服警官と違って外見からは警察の人間だと判断できないから、きちんと警察手帳を開いて写真とバッジを見せなければならないことになっている。

「何でしょうか？」

「新貝和正さんのことで由美子さんにお話を伺いたいんです。できれば、ご両親にも」

理沙子が言う。

「新貝さんのこと？　由美子は、新貝さんとは離婚しましたけど」

「それは知っています」

「それなら、なぜ……？」

静子が不安そうな顔になる。

「由美子さんのアパートを訪ねてみましたが、お留守のようだったので、こちらに来てみました」

「五時までパートですから」

「職場は、お近くですか？」

「駅向こうのスーパーでレジ打ちをしています」

静子が答えたとき、部屋の奥から、うがーっ、うがーっ、という変な声が聞こえた。

「夫です。寝たきりで、言葉をうまく出せないんです。あれは、わたしを呼んでるんです。申し訳ないんですが、新貝さんのことなら、由美子本人に訊いて下さい。もう何年も会ってないし、わたしは何もわかりませんから」

「できれば少しだけでもお話を……」

樋村が粘《ねば》ろうとしたとき、また奥から、うがーっ、うがーっという大きな声が聞こえてきた。言葉の意味は不明瞭《ふめいりょう》だが、何かに怒っていることだけは理沙子や樋村にも察せられる。

「わかりました。ありがとうございました」

理沙子が頭を下げる。

ドアの前から離れながら、

「いいんですか、話を聞かなくても？」

声を潜めて、樋村が訊く。

「あの様子では落ち着いて話なんかできないでしょう。由美子さんのパート先がわかったし、五時には仕事が終わるというんだから、直に話を聞く方が早いわよ」

「旦那さんが寝たきりか。呂律《ろれつ》が回らないみたいだったから脳卒中の発作でも起こしたんですかね。あの奥さん、かなり疲れてるみたいでしたよね」

「介護疲れでしょう」

「気が付きましたか、ドアを開けたとき？」

「臭いでしょう？　結構、強烈だったよね」

「部屋の中に糞便《ふんべん》の臭気が籠《こ》もってしまうんでしょうね。あれも慣れなのかな。おばあさん、平気な顔でしたよね」

「慣れないと、やっていけないよね」

理沙子が小さな溜息をつく。

去年の一一月、理沙子の母・真由子《まゆこ》は若年性のアルツハイマーと診断された。一人暮らしは不可能なので、施設に入れるか、理沙子が寮を出て同居するしかない。

しかし、施設に入れるには大金が必要で、それは今の理沙子には不可能だ。ならば、同居すればよさそうなものだが、真由子との関係は、そう簡単に割り切ることができるほど単純ではない。

父親は理沙子が赤ん坊の頃に亡くなり、その後は母子《おやこ》二人で生活してきたが、中学生になって間もなく理沙子は養護施設に入所した。それ以降、数えるほどしか真由子には会っていない。去年の秋に会ったのも二年ぶりだった。

同居するかしないか、なかなか結論が出せずにいるうちに真由子は風邪をこじらせて肺炎になり、まだ体調が思わしくなくて入院が続いている。

だから、とりあえず同居問題は先送りという形になっている。

益山静子に会い、

（お母さんと同居したら、わたしもあんな疲れた顔になってしまうのかな。そもそも、ずっと付き添って介護しなければならないのなら、わたし、警察に勤めていられないわけだし……）

　そんなことを考えた。

「安智さん」

「……」

「安智さん」

　ぽんぽんと樋村が理沙子の肩を叩く。

「え」

　ハッとして我に返る。

「着きましたよ」

「どこに？」

「嫌だなあ、益山由美子さんが働いているスーパーに決まってるでしょう」

「あ、そうか」

「何だか難しい顔で考え事をしているようでしたけど大丈夫ですか？」

「ええ、もちろん」

　理沙子がうなずく。

一一

仕事が終わるのを待って、理沙子と樋村は益山由美子から話を聞くことにした。

「もう離婚したし、何で今更、わたしに……」

と最初は渋ったが、新貝和正が笹村遼一に脅迫紛《まが》いのハガキを送った可能性がある、と説明すると溜息をつきながら承知した。長女の自殺に関係しているかもしれないと心配になったからだ。

「ありがとうございます。ご協力に感謝します。では、このあたりでお茶でも飲みながら……」

理沙子は、由美子がパートをしているスーパーの近くにある喫茶店で話を聞こうとしたが、

「人目もありますし、娘も学校から帰ってきますから……」

喫茶店ではなくアパートで、できれば短時間で済ませたい、と由美子は希望した。

理沙子と樋村も異論はない。話を聞かせてもらえるのなら場所はどこでもいい。

由美子は自転車で職場に通っているので、理沙子と樋村はタクシーで先にアパートに向

かうことにした。タクシーだと五分少々の距離である。

先に着いて高木ハイツの前で待っていると、一〇分もしないうちに由美子も到着した。

「お待たせしました」

由美子が二人を部屋に招じ入れる。

ドアを開けると狭い靴脱ぎ場だ。廊下はなく、靴を脱いで上がったところが四畳の台所である。真ん中にキッチンテーブルがあり、他には冷蔵庫と食器棚があるくらいだ。台所の奥が六畳の居間で、テーブル代わりのコタツ、テレビ、衣装ケースなどが置いてある。もうひと部屋あるが襖が閉まっている。そこが寝室なのだろうか、それとも子供部屋なのか、いずれにしろ、母子二人で暮らすにしても何となく狭苦しい感じのする部屋だな、というのが理沙子の受けた印象である。

「お茶でも淹《い》れますから、そこに坐って下さい」

荷物を居間の隅に置くと、由美子が台所に立つ。ちらりと壁の時計に視線を走らせたことを理沙子は見逃さなかった。中学生の久美が帰宅する前に話を終わらせたいのだな、と察する。

湯が沸《わ》くと、お盆に湯飲みを三つ載せて由美子が居間に運んでくる。

「どうぞ」

二人の前に湯飲みを置く。

「恐れ入ります」

理沙子は軽く会釈《えしやく》し、樋村に目配せする。

樋村がバッグから写真を二枚取り出してコタツの上に置く。

「この写真を見ていただけますか」

理沙子が写真を由美子の方に押し遣る。

「写真……？」

由美子が手に取る。

それは笹村遼一に送られてきたハガキの表と裏を撮影した写真である。表には笹村遼一の名前と住所が印字されているだけだが、不気味なのは裏である。黒い縁取りがしてあり、そこに、

あけましておめでとうございます。

ご家族の皆様が不幸になることを心から願っております。


と印字されているのである。

「笹村さんは、そのハガキを送ったのが新貝和正さんではないかと疑って、署に相談にいらしたんです」

「なぜ、新貝がそんなことをするんですか？」

「五年前、直美さんのお葬式の一週間ほど後、新貝さんは笹村さんを訪ねています。ご存じですか？」

「いいえ」

　由美子が首を振る。

「そのとき、新貝さんは、こう言ったそうです。『もし、あんたに娘が生まれたら、おれが殺すぞ。息子が生まれることを祈っていろ』と」

　理沙子が手帳を見ながら新貝和正の言葉を口にする。

「笹村さんは二年前に結婚して、去年、お子さんが生まれました」

「娘さんですか？」

「はい、そうです」

　理沙子が首を振る。

「だから、このハガキがただのいたずらには思えなかったそうです」

「人を殺すとか、そんなことをする人ではありません。五年前、変なことを口にしたのは、普通の精神状態ではなかったからだと思います。娘を、直美を亡くしたばかりでしたから。笹村という新聞記者がでたらめな記事を載せたせいで」

「できれば新貝さんご本人からもお話を伺いたいんですが、どこにおられるでしょうか？」

「あの……逮捕されるんですか？」

「いいえ、まだ何もわかっていませんから逮捕とか、そういうことではありません」

「いきなり刑事さんが二人もいらしたから……。うちの母親も驚いたと思います」

「捜査ではなく、予備調査のようなものです。正式な捜査ということになれば、わたしたちだけでなく、地元の警察も同行します。今日は、ちょっとお話を伺いに来ただけで」

「あの人がどこにいるのか、わたしは知りません。隠しているわけではなく、本当に知らないんです」

「四年前に白旗から習志野に引っ越しをなさってますね？　なぜですか？」

「なぜって、あんなことがあったからに決まってるじゃないですか。近所の人たちは何があったか知っていて変な目で見るし、下の子は、久美はまだ小学生でしたけど、学校で変なことを言われたりして」

「変なことというのは？」

「おまえの姉ちゃん、本当はいじめてたんだろう、だから警察に捕まる前に自殺したんじゃないのか……そんなことです」

「ひどいですね」

「ええ、ひどいです。あんな土地にいて、久美がいじめを受けたら困りますから思い切って引っ越すことにしたんです」

「転居なさったとき、新貝さんは会社を辞めていらっしゃいますよね？」

それまで黙っていた樋村が口を開く。

「直美が亡くなってから、新貝は人が変わってしまったというか……別に変な意味ではないんです。何と言えばいいのか、生きる気力をなくしたというのか、なぜ、直美の自殺を防ぐことができなかったのかと自分を責めたんです。住宅販売会社で営業の仕事をしてましたが、営業ともなれば、お客様に常に笑顔で明るく接しなければなりません。それが苦痛だったんです。心の中が悲しみでいっぱいなのに、とても笑顔で接客なんかできないって、会社から帰って来ると辛そうに話してました。経理とか総務とか、あまりお客様と接することのない内勤業務に異動させてもらえればよかったんでしょうけど、入社してから営業一筋だったので、それも無理でした。いろいろ相談して、会社を辞めることにしたんです。再就職も大変そうだとわかっていたんですが、無理して営業を続けているとノイローゼになってしまうんじゃないかと心配で……。それで引っ越して、心機一転、新しい土地でやり直そうということに決めました」

理沙子が訊く。

「谷津のUR賃貸に入居なさったんですよね？」

「はい」

「しかし、そこも一年で引き払い、このアパートに引っ越して来られた。ここに引っ越してくるときには新貝という姓から旧姓の益山に戻ってらっしゃる。離婚なさったわけですよね？」

「そうです」

「なぜですか？　心機一転、やり直すはずだったのではないんですか」

「そのつもりでした。でも、現実は、甘くなかったんです。再就職は大変だと覚悟していたつもりでしたが、わたしたちの想像以上に大変だったんです。冷静に考えればわかることなんですけど、住宅販売の営業しか知らない四〇過ぎの中年男がそう簡単に新しい仕事なんか見付けられるはずがありません。それでも、初めのうちは、わたしたちもそれほど深刻には考えてなくて、失業保険をもらっているうちに何か見付かればいいな、というくらいの気持ちだったんですが……」

「仕事が見付からなかったんですか?」

「営業が辛くて会社を辞めたわけですから、同じような仕事を避けたんです。でも、営業しか知らない人間が他の仕事を探すとなると、なかなか難しくて、ビルやマンションの管理人とか、工事現場の交通整理とか、そんな仕事しかなくて……。選《え》り好みをしたわけではないんですが、そういう仕事だと給料が安いんです。前の会社の半分ももらえないんです。いつまでも失業しているわけにもいかないので、とりあえず働くんですが、どれも長続きしませんでした。一年で四つくらい仕事を替わったはずです。生活が苦しいので、わたしもパートを始めました。二人で一生懸命に働いても生活は苦しいし、新貝は愚痴をこぼしてお酒ばかり飲んでいるし……。そうなると夫婦喧嘩も増えて、家の中が殺伐《さつばつ》として雰囲気も悪くなって息が詰まりそうでした。今になってみると、新貝の気持ちもわからないではありません。きっと本人が一番辛かったんだろうと思います。だけど、あの頃は、わたしも気持ちに余裕がなくて、辛いのは自分だけじゃないのに大の男がいつまでめそそしているのよ、もっとしっかりしてちょうだい……そんな嫌味ばかり言いました」

「大変だったんですね」

理沙子の声には同情が滲《にじ》んでいる。

「その頃、父が脳卒中の発作を起こして倒れました。元々、高血圧だったんですが、直美のことがあってから更に血圧が上がったんです。母一人では介護も大変なので、わたしはパートの仕事を減らして実家の手伝いに通うことになりました。そうなると、収入が更に減って、生活が立ち行かなくなりました。毎晩のように夫婦喧嘩をして、ある晩、とうとう新貝の方から、もう別れよう、このままでは久美がかわいそうだから、と言い出したんです。わたしも疲れ切っていて、どうしていいかわからないほど追い詰められてしまって、新貝が差し出した離婚届に黙って署名捺印《なついん》しました」

「その後、新貝さんとは？」

「会っていません、一度も」

由美子が首を振る。

「何度か電話では話しました。現金書留が送られてくることもありました。久美のために使ってほしい、と。でも、ここ一年ほどは音信不通です」

「心当たりはありませんか？　新貝さんの住民票ですが、習志野のときのままなんです」

「わかりません」

「新貝さんが頼れるような兄弟、親戚、友人などはどうでしょうか？」

「新貝が仲良くしていたのは住宅販売会社に勤めていた頃の同僚くらいですが、退職してからは疎遠《そえん》になったようです。事件を知っている人たちとは付き合いたくなかったようで

した。親戚付き合いもほとんどありません。新貝は北海道出身で、小樽《おたる》に母と兄がおりま

ます。でも、連絡は取っていないと思います」

「なぜですか?」

「二人きりの兄弟ですが、義父が亡くなったとき、遺産相続で揉《も》めてから険悪になったん

です。義兄一家は実家で両親と同居していましたが、義父が亡くなる直前、義兄が勝手に

実家を自分の名義に変更してしまったんです。それがきっかけで争いが起こりました。新

貝は裁判を起こすつもりでしたが、その寸前に義母が脳梗塞《のうこうそく》で倒れてしまい、その原因が

兄弟喧嘩を思い悩んでのことだったので裁判を思い止まったんです。義母は寝たきりにな

ってしまい、今は施設に入っています。その件があってから、年賀状のやり取りもしなく

なったくらいですから、新貝が義兄を頼るとは思えません」

「なるほど……」

念のために新貝さんの実家の連絡先を教えてもらえませんか、と理沙子が頼むと、まだ

古い年賀状を取ってあるはずですけど、と言いながら由美子が腰を上げる。そのとき玄関

のドアが開き、

「ただいま」

という声がする。久美が帰宅したのだ。

部活をしてきたせいなのか、制服ではなく厚手のジャージの上下を着て、水玉模様の大きなリュックを背負っている。リュックにぶら下げたクマのマスコットが揺れている。

居間にいる理沙子と樋村を見て驚いたような顔をする。滅多《めった》に来客などないのであろう。

「お邪魔しています」

理沙子がにこっと笑いかける。

樋村も、こんにちは、と挨拶する。

自分たちが警察官だとは敢《あ》えて明かさない。

久美も、

「こんにちは」

硬い表情でぺこりと頭を下げると襖《ふすま》を開けて隣の部屋に入ってしまう。

「ありました」

由美子が黄ばんだ年賀状を理沙子に差し出す。

樋村が差出人の住所や名前、電話番号を急いでメモする。

「ありがとうございました」

「他に何か？」

久美が帰宅したので、早く帰ってほしいという気持ちが由美子の顔にはっきり表れている。

「いいえ、ご協力に感謝します」

理沙子と樋村は礼を言って腰を上げる。

二

午前中、冬彦と高虎はゴミを不法投棄している年寄りがいる、という苦情に対応した。

車で現場に向かう道々、

「この部署に配属されてから、時々、自分が刑事だってことを忘れそうになりますよ」

と、高虎はぼやいた。

「樋村君は落とし物を見付けるためにどぶさらいもするし、迷子の犬を捜したりもしてるんですよ。それよりは、ましじゃないですか」

冬彦は上機嫌だ。区民からの相談に対応するのが嬉しくてたまらないのである。人の役に立ちたいという思いから警察官になった冬彦とすれば、たとえ、どんな些細な相談事であろうと真摯《しんし》に対応するのが務めだと信じている。

しかし、高虎にはそれほどの奉仕精神はないから、

「ゴミの相談なら、警察じゃなくて区役所にするのが筋だと思うんですがねえ」

ぼやきは止まらない。

現場に到着する。

「何でも相談室」に相談してきたのは波岡知子《なみおかともこ》という主婦である。その自宅の前に、それらしき中年女性が立っている。その隣には髪の白い男性がいる。

二人は門扉《もんぴ》のすぐ横に放置されたゴミ袋を見下ろしながら何か話している。

路肩に停車し、冬彦と高虎が車を降りる。

「こんにちは、波岡さんですか？」

「ええ、そうですけど……」

「杉並中央署『何でも相談室』の小早川です」

「寺田です」

「まあ、お巡りさん！　こんなにすぐ来て下さるなんて、今どきの警察は行動が素早いのね。素晴らしいわ」

「ありがとうございます」

冬彦は軽く会釈しながら髪の白い男性に顔を向ける。

「失礼ですが、ご主人でしょうか？」

「あ……いや、違います。わたしは、この地域の自治会の会長をしております……」

その自治会長は柿崎《かきざき》正平《しょうへい》と名乗った。

「ほう、自治会長さんが出てくるほど深刻な問題ということですか？」

高虎が訊く。

「いいえ、そうではありません。逆です。この程度の町内の問題を警察沙汰にすることに反対なのです。波岡さんにも、そうお話ししていたところです」

「冗談じゃないですよ。この程度の問題って、どういうことですか？　これまでに何度となく、どうにか対処して下さいってお願いしてきたのに、結局、何もできないじゃないですか」

「たかがゴミのことで……」

柿崎が溜息をつく。

「たかがじゃないわよ！　夜中に置いていくから、朝になると猫やカラスが袋を破って、中のゴミがこのあたりに散乱してるんですよ。生ゴミが多いから臭いだってひどいんです。それを誰が片付けてると思ってるんですか？」

波岡が柿崎に食ってかかる。

「わかってます。だから、わたしなりに何とかしようと思って……」

「会長さんは正木《まさき》さんと親しいから強く言えないんですよ。わたしだって警察沙汰なんて大袈裟《おおげさ》だということはわかってますけど、こういうことは警察に言ってもらった方が相手だってちゃんと話を聞いてくれるはずですよ」

「お話し中、申し訳ないんですが、それは、つまり、誰がゴミを捨てているのかわかっているということですか？」

「ええ、そうです。すぐそこに住んでいる正木俊治《しゅんじ》という人です。柿崎会長の幼馴染《おさななじ》みですよ。ねえ、会長さん？」

波岡が目を細めて柿崎を睨む。

「それは本当です。正木とは小学校と中学校が同じでした。ですが、幼馴染みだからといって不法投棄を黙認しているわけではありません」

「不法投棄をやめるように説得なさったわけですね？」

冬彦が訊く。

「はい、そうです」

「説得がうまくいかなかったんですか？」

「いいえ。そうではないんですが……」

柿崎は歯切れが悪い。

「では、どういうことなんでしょうか？」

「俊ちゃんは、いや、正木は、そんなことはしていない。何かの間違いだと言い張るんです」

「何かの間違いだなんてとんでもない。証拠だってあるんですからね」

波岡が目尻を吊り上げる。

「証拠って、どういうものですか？」

高虎が訊く。

「先月の中旬なんですけど、たまたま、うちの大学生の娘がここにゴミを捨てていく正木さんを見かけて、その様子を携帯で撮影したんです。夜が明けてすぐくらいの時間です。徹夜でレポートを書いていて、眠気覚ましに外の空気を吸おうと窓を開けたら正木さんの姿が目に入ったそうです。必要なら、証拠として提出してもいいですよ」

「柿崎さんもご覧になったんですか？」

冬彦が訊く。

「はい。見ました」

「正木さんがゴミを捨てていたんですか？」

「そうです」

溜息をつきながら、柿崎がうなずく。

「しかし、正木さん本人はゴミを捨てていないと言い張るわけですね？」

「はい」

「いつ頃から、ここにゴミが捨てられるようになったのでしょうか？」

「一月の下旬ですね。もう一ヶ月半になります。週に一度で、年末はゴミの収集がなかったから、これで五回目くらいかしら。娘がゴミを捨てる正木さんの姿を見るまで誰の仕業かわからなかったんです。悪質ないたずらかと思ってました」

波岡が答える。

「そのときは警察に届けなかったんですね？」

「二回目にゴミが置かれていたときに会長さんに相談しました」

「相談を受けて柿崎さんは、どうなさいましたか？」

「それほど大したことだとは考えませんでした。ゴミの不法投棄と言うと大袈裟ですが、決められた場所以外にゴミを捨てる人は少なくないんです。大量のゴミなら話は別ですが、カップ麺の容器とか、ペットボトルとか、そんなものをレジ袋に入れて捨てていくわけです。迷惑ではありますが、警察の手を煩《わずら》わせるほどのことだとも思いません。波岡さんの家の前に捨てられたゴミも、一回や二回くらいで収まれば、まあ、腹は立ちますが、きれいに掃除して終わりになれば、それでよかったと思います」

「しかし、終わらなかったわけですね？」

「その後もゴミが捨てられて、正木が捨てていることが明らかになったので、きちんと決められた場所にゴミを出すように話しに行きました」

「しかし、正木さん本人は身に覚えがないとおっしゃるわけですか？」

「はい」

柿崎が困った顔になる。

「じゃあ、正木さんに会いに行ってみましょう。柿崎さんも同行して下さいますか？」

「ええ、もちろん」

柿崎がうなずく。

「わたしも一緒に行きますよ」

波岡が申し出る。

「いや、それはやめた方がいいね。正木が興奮するかもしれない」

柿崎が止める。

「どういう意味ですか？」

高虎が訊く。

「正木さん、わたしがでたらめを並べ立てていると思い込んでるんですよ。妙な因縁《いんねん》を付けて、向こうを困らせているって。まるで、わたしをクレーマーみたいに……。冗談じゃないわ。こっちには証拠があるんですから」

波岡が興奮気味に言う。その様子を見て、

「とりあえず、わたしたちが話してみます。ご近所同士ですし、できるだけ穏便に解決した方がいいでしょう。ねえ、警部殿？」

高虎の提案に冬彦も賛成し、柿崎を交え、三人で正木俊治を訪ねることにした。

正木の家は波岡の家から五〇メートルも離れていない。波岡家のすぐ裏手である。木造の古びた一戸建てで、その小さな家で正木は一人で暮らしているという。

「去年の春、奥さんを亡くしてから一人暮らしです。三鷹《みたか》にいる娘さん夫婦から、この家を売り払って三鷹で同居するように勧められたそうですが、一人の方が気楽でいいと言い張って、ここに残ってるんです。元気なうちは子供に迷惑をかけたくないんでしょう。幼馴染みだから庇うわけではありませんが、正木はいい奴なんですよ」

道々、柿崎が話す。

「その正木さんが、なぜ、波岡さんの家の前にゴミを捨てると思いますか？　何か思い当たることはないでしょうか」

　冬彦が訊く。

「いろいろ考えたんですが、わたしにもわからないんです」

　柿崎が首を振る。

「何かの意趣返しとは考えられませんか？」

「意趣返し？　何か恨みでもあって嫌がらせをしているという意味ですか？　いやあ、今回の件が起こるまで、波岡さんと正木の間にトラブルなんかなかったはずです。どちらも古くからこの土地に住んでいるし、さほど親しくなかったとしても別に不仲ではなかったと思います。正木はあまり愛想がないし、無口な男ですが、その分、奥さんがほがらかで明るい人で、近所の人たちと仲良くしてましたよ」

「奥さんが亡くなったことで正木さんが変わったとは考えられませんか？」

「長年連れ添った奥さんだし、仲のいい夫婦でしたから、正木もかなり落ち込んでいる様子でしたが、だからといって、急に人柄が変わったとか、そんなことは感じませんでした」

　そんな話をしているうちに正木の家に着いた。

「いらっしゃるようですね」

冬彦が鼻をひくひく動かしながら言う。その家からは、かなり強く線香の匂いがしていたからだ。

柿崎がチャイムを鳴らすと、どたどたと廊下を踏む音がして、ドアの向こうから、

「どちらさん？」

という声が聞こえた。

「おれだ。柿崎だ」

「ああ、正ちゃんか」

ドアが開けられ、小柄な老人が顔を出す。

柿崎と同級生だというから、どちらも七〇代前半くらいの年格好なのだろうが、柿崎が年齢よりも若く見えるのに対して、正木の方は、肌艶《はだつや》がよくないせいもあって、かなり老けて見える。

「……」

正木が冬彦と高虎を見て、怪訝な顔になる。

「こちら杉並中央署の刑事さんたちだ」

「刑事……」

一瞬、ハッとした顔になり、

「波岡さんだな」

表情が不快そうに強張《こわば》る。

「刑事さんといっても『何でも相談室』の方たちで、この一件の仲裁《ちゅうさい》に来て下さっただけだ」

「仲裁って何だ？　こっちは何もしていないんだから仲裁してもらうことなんかないよ。波岡さんがおかしなことを言ってるだけだろうが」

「まあ、何か双方に誤解があるのはわからないでもないんだが……」

柿崎が宥《なだ》めようとするが、正木は興奮して顔が赤くなっている。

「あ～っ、すいません」

冬彦が二人の間に割って入る。

「杉並中央署の小早川と申します」

「寺田です」

「わたしは何も悪いことなんかしてませんよ」

正木がムキになる。

「はい、わかってます。確認したいことがあってきただけです」

「確認？」

「波岡さんは、自宅の前にゴミを捨てられて、それは正木さんのゴミではないか、とおっしゃっています。その点は、如何《いかが》ですか？」

「確かに、見せられたゴミは、わたしが捨てたゴミでしたが……」

「正木さんが捨てたんですか？」

「とんでもない。わたしはちゃんと決められた場所にゴミを捨てています」

正木が憤慨《ふんがい》する。

「そうですか。わかりました。もう結構です」

冬彦がにこりと微笑《ほほえ》む。

それを聞いて、柿崎と高虎が、えっ、という顔になる。これで終わりでいいのか、という顔である。

正木の家から波岡の家に戻る途中、

「警部殿、どういうことなんですか？」

高虎が訊く。

「何がですか？」

「だって、もっと詳しく話を聞かないと事情がわからないじゃないですか」

「正木さんは嘘をついていませんよ。あれ以上、何も訊くことはありません」

「だけど、証拠の映像があるんですよ」

「ええ、そのようですね」

「もしかして、その映像が偽物だと思ってるんですか？　まだ見てもいないわけですが」

「いや、そういうわけではありません。波岡さんの説明を聞けば、その映像には問題はないと思います。恐らく、正木さんがゴミを捨てている姿が映ってるんじゃないでしょうか」

「それなら、なぜ……？」

「何か見落としている気がするなあ。何だろう……」

冬彦は何事か思案を始め、それきり黙り込んでしまう。高虎が何を訊いても、まるっきり無視である。

波岡が玄関先に立っている。正木との話し合いの様子が気になって、家に入らず、表で待っていたのであろう。

「もう話が済んだんですか？」

あまりにも早く三人が戻ってきたので波岡が驚いた顔で訊く。

「話は済みましたが、問題が解決したわけではありません」

冬彦が答える。

「どういう意味ですか？」

波岡が首を捻《ひね》る。

「この問題は双方が納得できる形で解決できるはずですが、それには少しばかり時間がかかりそうなんです。今日は金曜日です。できるだけ早く解決したいと思いますが、もしかすると来週中に解決するのは難しいかもしれません。それで、ひとつお願いなのですが、来週、また正木さんが波岡さんのお宅の前にゴミを出すかもしれませんが、それは許してあげてほしいんです」

「待って下さい。何を言ってるんですか？　正木さんが犯人だってわかってるわけですよね？」

波岡の目尻が吊り上がる。

「そうです」

「あの人がうちの前にゴミを捨ててるわけでしょう？」

「はい」

「それなのに何もしないんですか？」

「それは違います」

冬彦が首を振る。

「正木さんは嘘をついているわけでもないし、波岡さんに嫌がらせをしているわけでもありません。理由があるんです。その理由がわかれば問題は解決します」

「どんな理由ですか？」

「その理由を調べるのに時間が必要なんです」

「そんなわけのわからないことを……」

「波岡さん」

柿崎が口を挟《はさ》む。

「次回のゴミ収集日、もし正木がゴミを捨てたら、わたしが片付ける。夜が明ける前から、このあたりを見回りますよ。だから、刑事さんのおっしゃるように、一度だけ見逃してもらえないかな」

この通りです、と柿崎が頭を下げる。

「会長さんがそこまで言うのなら、わたしは構いませんけど……。その代わり、必ず解決して下さいよ。約束して下さいます？」

波岡が冬彦に顔を向ける。

「はい、もちろんです」

冬彦が自信満々の様子でうなずく。

一三

「警部殿、そろそろ種明かしをして下さいよ」

　車を運転しながら高虎が訊く。

「何の種明かしですか？」

「さっきの話に決まってるでしょう。あのじいさんが他人《ひと》の家の前にゴミを捨てている理由ですよ」

「それは、まだわかりません。波岡さんに言ったように、これから調べるんですから」

「でも、何か思いついたことがあるから、あんなことを言ったわけでしょう？　来週中には解決するって約束したじゃないですか」

「確かに」

「おれとしては、もう少し、あのじいさんから話を聞くべきだったと思うんですがね。ごまかしきれなくなって何かぼろを出したかもしれない」

「正木さん、嘘はついてませんでしたよ。人間は嘘をつくとき、表情や仕草に嘘のサインが現れるものなんです。それがまったく見当たりませんでした」

「だけど、嘘をついてるわけじゃないですか。本人はゴミステーションにゴミを捨てていると言い張っているけど、実際には波岡さんの家の前に捨てている。証拠の映像もある。明らかな嘘だ」

「理屈としては、そうなんですが、正木さんが嘘をついていないのも本当なんですよ。奇妙な話だと思いますが、ぼくは自分の経験と直感を信じます。この件に関しては、きっと合理的な理由が見付かるはずです」

「だけど、今のところ、その理由について何の見当もついていないわけですね？」

「はい。これから、じっくり考えます。とりあえず、問題を解決する時間的な猶予《ゆうよ》を得たわけですから、頭を切り換えて次の事件に取りかかることにしましょう」

「磯松芳樹の件ですか。これが事件と言えるんですかねえ。いい年をした大人が、しばらく姿を隠しているだけじゃないですか。もちろん、大人だから事件じゃないってことはない。真面目なサラリーマンが理由もなく突然失踪《しっそう》したというのなら、おれだって事件性を疑いますよ。だけど、これはそうじゃない。磯松芳樹が姿を消したって誰も不思議には思わない。これまでに何度も似たようなことをしてるわけだしね。熱心なのは警部殿だけですよ」

「おばあさんも心配してますよ」

「一日の大半は、ぼんやりしてるじゃないですか」

「そんなことを言うと罰《ばち》が当たりますよ」

「ああ、ごく当たり前の捜査をしていた頃が懐かしいなあ……」

高虎が溜息をつく。

二人は、磯松芳樹が居酒屋でバイトをする前に働いていた塗装会社に向かう。そこには芳樹の友人・柏木陽介《かしわぎようすけ》がいる。田代昌也と共に芳樹が最も頼りにしている友人である。

その塗装会社は久我山《くがやま》三丁目、宮下橋《みやしたばし》公園の近くにあった。会社といっても、ごく普通の二階建てのこぢんまりした民家で、「川岸敦夫《かわぎしあつお》」という表札の横に「川岸塗装店」という小さな看板がかかっているだけだ。

チャイムを鳴らして案内を請《こ》うと、奥から四〇くらいの小太りの女が出てきた。

冬彦と高虎が警察手帳を提示して柏木陽介さんに会いたいと言うと、

「今は現場ですけど、あの子、何かしたんですか？」

女は、わたしは川岸の妻で、恵子《けいこ》といいますが、一応、この会社の専務です、と口にする。

「柏木さんが何かをしたわけではありません。磯松芳樹さんについて伺いたいことがあるだけです。以前、ここで働いていましたよね？」

「ああ、磯松君ですか……」

恵子の表情が微妙に変わる。口角が上がって唇が歪み、小さな溜息が洩れる。

「彼なら何かしてもおかしくない……今、そうお考えになりましたよね？」

相手の表情を読み取ることが得意な冬彦が訊く。

「ええ、そうですね。磯松君、いい子なんだけど、何て言うか……頭に血が上りやすくて、すぐにカッとなるんですよね。自分を抑えられないんでしょうね」

「何か問題を起こしたんですか？」

「問題っていうほど大袈裟なことではないんですが……うちは下請けの下請けで、見ての通りの零細企業です。夫が社長で、わたしが専務、あとは柏木君と吉本《よしもと》という社員が二人いるだけの、会社と言うのも恥ずかしいようなちっぽけな会社です。単独で仕事を引き受けることは滅多になくて、大抵は他の下請け業者と一緒になって仕事をします。現場に行けば、初めて顔を合わせるような人が多いわけですよ。何しろ、こっちは下請けの下請けですから、周りに気を遣わないとやっていけないんです。建設現場ですから、体育会系の荒っぽい人たちが多いんですよ。口が悪いし、下品な冗談も言うし、新人をからかったりもするんですよね。何か言われても、笑って聞き流せばいいんですけど、磯松君はそれができなくて、誰かにからかわれるとムキになって言い返して、それが原因で喧嘩になったりして……。元々、左官が本職で塗装に関しては素人《しろうと》だから仕事がうまくできなくてイライラしていたせいもあると思うんですけどね」

「現場でトラブルを起こしたことが、こちらを辞めた理由ですか？」

「あら、それは違いますよ」

恵子が慌てて首を振る。

「磯松君は左官として正社員で働ける職場を探していて、うちには最初から短期のアルバイトとして来ただけです。その職場が見付かったから辞めただけですよ。余計なことを言ってしまったようですけど、現場では、ちょっとした喧嘩くらい日常茶飯事ですから。慣れないなりに一生懸命やってくれていたから、うちとしては、もっと働いてほしかったですけどね。夫も残念がってましたよ。あの子、何をしたんですか？」

恵子が心配そうな顔になる。

「そうじゃないんです。ご家族に頼まれて行方を捜しているだけです。何か心当たりはないでしょうか？」

「さあ、わたしにはわかりません。柏木君に訊いた方がいいでしょうね。あの二人、仲がいいから」

恵子は、柏木たちがどこの現場に出向いているか教えてくれた。上高井戸《かみたかいど》二丁目、浅間《あさま》橋《ばし》公園の近くである。マンションの新築工事現場だという。

その現場を訪ね、冬彦と高虎は柏木陽介に会った。たまたま休憩時間に入る直前だったので話を聞くことができた。茶髪で、眉を細く剃《そ》っている。ちょっと突っ張った感じの若者だ。

磯松芳樹が先月初めから行方がわからなくなっている、と告げても、柏木はさして驚いた様子ではない。むしろ、それくらいのことで、なぜ、警察が動いているのか不思議に思い、本当は何か悪さをして警察が追っているのではないか、と疑っている様子である。それを察した冬彦が、

「いやあ、本当に行方を捜しているだけなんです。どこかで無事でいることがわかれば、それでいいんです。おじいさんとおばあさんが、特に、おばあさんがものすごく心配していて、何度も警察に足を運んで何とか捜してほしい、とおっしゃっているんです。わたしたちとしては、磯松さんが実家に電話でもしてくれればありがたいんですよね」

「はあ……」

半信半疑という顔つきだが、おれにわかることなら何でも話しますが、とうなずく。

「柏木さんが磯松さんと最後に会ったのは、いつですか？」

「だいぶ前ですよ。ここを辞めた後に一度会っただけだから……。八月の終わりくらいで

すね。一緒にプールに行きました」

「ということは、かれこれ四ヶ月ほど会っていないわけですか。磯松さんとは親友なんですよね？」

「はい」

「それなのに、なぜ、そんなに長く会わなかったんですか？」

「別に理由はありませんけど……。たまたま、お互いの都合が合わなかったというだけです。メールのやり取りはしてましたけどね。おれより、芳樹の方が忙しかったみたいだから」

「忙しかったというと？」

「うちを辞めた後、工務店で正社員に採用されるはずだったんですが、その話がダメになって、ちょっとパニクってましたね。金がいる、仕事を探さないと、って。だから、遊ぶ暇も金もなかったんだと思います」

「一〇月初めから居酒屋でバイトを始めたことは、ご存じですか？」

「ええ、なかなか、仕事が見付からないので、見かねた昌也が店長に頼んで雇ってもらったんです」

「なぜ、ここに戻らなかったんでしょうか？　元々は左官が本職だから、居酒屋より、工事現場で働く方が性に合ってたんじゃないんですか？」

「いや、あいつはペンキ屋じゃないですから。全然違いますよ。もちろん、その気持ちがあれば社長も喜んでまた雇ってくれたでしょうけど、芳樹が乗り気じゃなかったんで」

「なぜですか？」

「うち、バイト代が安いんですよ。時給にしたら六〇〇円くらいじゃないかな。正社員のおれでさえ、月に一五万くらいですから。コンビニでバイトする方が割がいいって、いつもぼやいてました」

「最後に連絡を取り合ったのは、いつですか？　メールでも電話でもいいんですが」

「先月の初めですね。仕事中に電話がかかってきて、いくらでもいいから金を貸してくれって頼まれました」

「貸したんですか？」

「いや、貸しませんよ。そんな金ないですから。もっとも、あいつに金なんか貸しても返ってこないことはわかってるから、たとえ金があっても貸しませんけどね」

「親友なのにですか？」

「親友だからですよ。いい奴だけど、金にはだらしがないんで。金の貸し借りで揉めて、芳樹と絶交した仲間が何人もいます。おれが今でも芳樹と付き合ってるのは、金の貸し借りをしてないからです」

「その柏木さんに借金を申し込むというのは、かなり切羽詰《せっぱつ》まっていた、ということでしょうか？」

「ええ、そうかもしれませんね」

「姿を消した理由は、お金絡みだと思いますか？」

「そうじゃないんですかね。やばいところから金を借りてしまったとか」

「磯松さんの行き先に心当たりはありませんか？」

「ないです。何か困ったことがあれば、おれか昌也のところに顔を出すと思うんですが、それ以外に頼れそうな奴は……」

たぶん、いないと思います、と柏木が首を捻る。

「……」

冬彦がじっと柏木の顔を見つめる。嘘をついていないか、柏木の表情から探ろうとしているのだ。

「何ですか？」

柏木は怪訝そうな表情で、じっと冬彦の目を見返す。視線が泳いだり、目を逸《そ》らそうとはしない。

「いや、失礼しました。正直に質問に答えて下さってありがとうございます」

冬彦が礼を述べる。柏木陽介は嘘をついていない、と確信した。磯松芳樹の行方を本当に知らないのだ。

冬彦の携帯が鳴る。

「はい、小早川です……。ああ、三浦さんですか。どうかしましたか……。え？　磯松さんのお宅にですか？　わかりました。ちょうど、こっちも終わったところですから。はい、すぐに向かいます……」

「三浦から電話ですか？　何なんです？」

高虎が訊く。

「急いで磯松さんのお宅に行ってくれというんです。吉永小百合さんから助けを求める電話があったそうですよ」

「あのばあさんが助けを？　何があったんだろう」

「詳しいことは、ぼくにもわかりません。とりあえず、行ってみましょう」

上高井戸二丁目の新築工事現場から成田西二丁目のガーデンハイツ成田西まで、甲州《こうしゅう》街道、環八《かんぱち》通り、五日市街道という順に車を走らせた。道路が空いており、あまり信号にも引っ掛からなかったので、二〇分ほどで着いた。

「電話一本でおれたちを呼びつけるとは、いったい、何事ですかね？」

車を停め、駐車場からマンションに向かって歩きながら高虎がつぶやく。冬彦の返事は期待していない。車の中でも、ずっと黙りこくっており、高虎が何を話しかけても上の空だったのだ。考え事に没頭《ぼっとう》すると人の話が耳に入らなくなってしまうらしい。

「寺田さ〜ん、小早川さ〜ん！」

マンションの入口に小百合が立っており、二人に向かって大きく手を振る。

「よかったわ〜、本当に頼りになる刑事さんたち」

「何があったんですか？」

冬彦が訊く。

「わたしが訪ねたとき、千恵ちゃん、ぼんやりしていたから、国夫さんと二人でお茶を飲みながら千恵ちゃんが目を覚ますのを待ってたんですよ。そこに人相の悪い男が二人で来て、玄関先で大声を出したんですよ。金返せ〜って」

「お金？　借金取りですか」

「もちろん、国夫さんや千恵ちゃんの借金じゃないわよ」

「ということは、芳樹さんの借金ですか？」

「そうらしいのよ」

小百合がこっくりうなずく。

「それを聞いて、もしかしたら、この人たちが芳樹ちゃんの失踪に関係してるんじゃないかと思って、こっそり部屋を出て『何でも相談室』に電話したわけね。よくあるのよ、こういうパターン」

「パターン?」

「サスペンスドラマのパターンよ。二時間ものだと、真ん中くらいで、ああいう悪い奴らが現れて、何か手がかりを残していくのよ」

「なるほど、サスペンスドラマも役に立つんですね。今度観てみようかな……」

冬彦が大真面目にうなずく。

「警部殿、ふざけてる場合じゃないでしょう。部屋に行ってみましょう」

高虎が冬彦を促す。

「別にふざけているわけでは……」

「いいから」

高虎が冬彦の右手首をつかんで、マンションの階段を上り出す。その後ろから小百合がついていく。二階まで上ったところで、怒鳴り声が聞こえてきた。

三人が顔を見合わせる。意外そうな顔だ。なぜなら、それは借金取りの声ではなく、明らかに女性の声だったからだ。

「あら、嫌だ。千恵ちゃん、目が覚めたみたいね。もう少しぼんやりしていた方がよかったのに」

小百合が溜息をつく。

三人は急いで階段を駆け上り、磯松家のドアを開けた。ドアには鍵がかかっていなかった。狭い靴脱ぎにはサンダルや下駄と共に、黒い革靴が二足きちんと並んでいる。借金取りの靴に違いなかった。

「千恵ちゃ～ん、勝手に上がるわよ～」

小百合は部屋の奥に向かって大きな声を出すと、さあ、どうぞ、上がって下さいな、とわが家にいるが如くに冬彦と高虎を部屋の中に招き入れる。

三人がリビングに入る。

リビングの真ん中に、目尻を吊り上げて鬼のような形相になった千恵子が立ち、

「芳樹を返せ！　どこに連れて行った！」

と怒鳴っている。

千恵子の傍《かたわ》らには、国夫がおろおろした様子で立っている。どうやって宥めればいいかわからないという途方に暮れた顔をしている。

ソファにはスーツ姿の二人の男が坐っている。一人は四〇がらみ、もう一人は三〇前後くらいの年格好に見える。

千恵子は、その二人に向かって怒鳴り声を発しているのだ。二人の男たちは千恵子に怒鳴られても少しも動じる様子はなく苦笑いを浮かべているだけだ。リビングに入ってきた冬彦たちを見て、

「次から次へと……まったく賑《にぎ》やかなうちですねえ。肝心の磯松芳樹さんは見当たらないようですが」

四〇男が薄ら笑いを浮かべながら言う。

「おまえら、何者だ？　人の家に勝手に上がり込んでいいと思ってるのか」

高虎が前に出る。

「まずは自分が名乗ったら、どうですか？」

「杉並中央署生活安全課の寺田だ」

「同じく小早川です」

冬彦が警察手帳を相手に見せる。

「ほう、刑事さんたちでしたか。警察は民事不介入が原則なんじゃないんですか？　わたしたちは貸したお金を返してもらいに来ただけで、刑事事件になるような悪さをしてるわ

けじゃありません」

「玄関先で大声を出したそうじゃないか」

「地声が大きいだけです。それに勝手に上がり込んだわけでもありません。磯松さんが入れてくれたんですよ」

「本当ですか？」

高虎が国夫に訊く。

「は、はい、玄関先で大きな声を出されては近所の方たちに迷惑ですから」

「ちょうどよかったです！」

冬彦が明るい声を出す。

「いやあ、磯松芳樹さんにお金を貸している人にお目にかかりたかったんです。近々、こちらから伺うつもりでした。手間が省《はぶ》けました。ラッキーです。さあ、じっくりお話を聞かせて下さい」

「……」

二人の男たちが薄気味悪そうに冬彦を見る。

一四

磯松家に上がり込んだ二人の男たちは、四〇男が島崎満夫《しまざきみつお》、三〇男が長谷川洋一《はせがわよういち》と名乗った。高円寺駅の近くにある「ひまわりファイナンス」の社員である。

最初、冬彦と高虎は、磯松家のリビングで島崎と長谷川から話を聞こうとしたが、千恵子が、

「芳樹を返せ！　芳樹を返せ！」

と興奮して叫び続けるので、仕方なく二人を外に連れ出した。近くには喫茶店もないので、マンションのすぐそばにある公園で話を聞くことにした。

「どうぞ、そこに坐って下さい」

冬彦がにこにこしながら島崎と長谷川にベンチを勧める。二人が坐ると、冬彦が無遠慮にじろじろ凝視する。好奇心を隠すことができないという顔だ。

「いったい、何ですか？」

島崎が気味悪そうに訊く。

「サラ金って、イメージが悪いじゃないですか。自分でも、そう思いませんか？」

「は？　何のことです」

「以前、返済金の厳しい取り立てが大きなニュースになりましたよね。『金を返せないのなら、腎臓を売れ～っ！』って怒鳴って脅すんですよね？　前々から本物の業者さんにお目にかかって伺いたかったんです。借金のカタに人間の臓器を売買するって本当にあることなんですか？　そんなルートが存在するんですか？」

冬彦が目を輝かせながら質問する。

「そんなことをしたのは一部の悪徳業者だけじゃないですか。うちは真っ当な商売をしていますから……」

「臓器だけじゃないんですよね？　『女房や娘を売り飛ばすぞ、こら～っ！』なんて脅したりもするんですよね？　それって、つまり、人身売買みたいなものじゃないですか」

「だから、うちは違いますって」

「隠さないで教えて下さいよ。ひまわりファイナンスなんて親しみやすい会社名を付けてますが、裏ではひどいことをしてるんじゃないんですか？　お二人も正体はヤクザなんでしょう？　今は世の中の景気が悪いから、みかじめ料なんか、なかなか取り立てられないんですよね、法律も厳しいし。だから、普通の会社みたいな顔をして、ヤクザがサラ金を経営して、何も知らない素人をカモにするんですよね？　そういう話、映画で観たことがあるんです」

「いい加減にしてもらえませんかね」

島崎が苦笑いをする。

若い長谷川は、よほど腹を立てているのか顔がどす黒く変色している。

「玄関先で大声を出してお年寄りを脅すんだから、やっぱり、あなたたち、まともじゃないですよね？　まともな人間が臓器を売れなんて言えないもんなあ」

ははは、と冬彦が笑う。

「下らないバカ話に付き合っているほど暇じゃないんですよ」

二人がベンチから立ち上がろうとする。

その前に高虎が腕組みして立ちはだかり、

「じゃあ、どういうことか、きちんと説明してもらおうか」

と仁王立ち《におうだ》ちになる。

「説明も何も、さっき申し上げた通りですよ。わたしたちは貸したお金の返済をお願いに行っただけですから」

島崎が答える。

「そのお金、誰に貸したんですか？」

冬彦が訊く。

「磯松芳樹さんですよ」

「貸した金額を教えてもらえますか？」

「個人情報です」

長谷川が冬彦を睨む。

「おい、格好つけるんじゃないよ。それとも、署まで同行してもらえますかね？」

高虎が負けじと長谷川を睨み返す。

「そう熱くなることもないでしょう。落ち着いて下さい。いくらだったかな、八〇万くらいか？」

島崎が長谷川に訊く。

「八〇万弱ですね」

「定職に就いていない磯松芳樹さんに貸すにしては金額が大きすぎませんか？」

冬彦が訊く。

「おっしゃる通り、定職にも就いてないし、担保もありません。そういう人に貸すのは二〇万が限度ですよ。それでもリスクが大きすぎるくらいですが、磯松さんの場合、ここに実家があることはわかってましたんでね」

「二〇万が今では八〇万になったということですか？」

「何しろ、きちんと払って下さいませんのでね。積もり積もった延滞金に元金と利息を合わせて八〇万ということです」

「それなら本人から取り立てればいいだろう。なぜ、関係のない年寄りの家に押しかけて大声を出したりするんだ？」

高虎が二人を睨みながら訊く。

「磯松さん、アパートには帰っていないようですし、どこにいるのかわかりません。緊急の連絡先が実家ですから、こちらを訪ねるしかないわけです」

「保証人というわけではないんですよね？」

冬彦が訊く。

「違います」

島崎が首を振る。

「いくらお孫さんの借金とはいえ、保証人でもないのに、強引な取り立てをするのは違法じゃないんですか？」

「うちは闇金なんかとは違いますからね。違法な取り立てなんかしません」

「借りたのは磯松芳樹なんだから、本人から取り立てればいいだろうが」

「かれこれ、磯松さんとは一ヶ月以上、連絡が取れていません。携帯に電話しても繋がらないし、アパートを訪ねても、いつも留守です。どこかに雲隠れしてしまったようです。先月、ここを訪ねたときには、アパートを引き払って、実家に戻ったんじゃないかと勘繰《かんぐ》りましたが、どうもそうではないらしい。アパートにも実家にもいないようです」

「先月も訪ねてきたんですか？　いつ頃ですか」

「一〇日過ぎですね」

「で、どうしたんですか？」

「おじいさんに事情を説明して、このまま磯松さんの行方がわからないようであれば、財産の差し押さえをせざるを得ないと話しましたよ」

「あのアパートには財産と呼べるようなものなんかなかったぞ」

高虎が言う。

「磯松さん、まだ住民票を移してないので、法律上の現住所は実家なんですよ」

「なるほど、実家にあるものを差し押さえる、とおじいさんを脅かしたわけですね？　さすがに悪知恵が働きますねえ」

ふむふむと冬彦がうなずく。

「人聞きの悪い言い方をしないでもらいたいですね。法律に従ったやり方をするとお伝えしたただけです」

島崎がにやりと笑い、

「まあ、そうしたら、おじいさんの方が折れて下さいまして、磯松さんが姿を現して自分で返済を始めるまで、磯松さんに代わって返済して下さることになったんです。先月分は現金でお支払いいただき、今月からは磯松さんの口座に振り込んでくれる約束になってました。うちは毎月八日が返済日です。つまり、今日ですね。銀行から残高不足で引き落としができないと連絡がありましたので、こちらに伺った次第です」

「返済額は、いくらですか?」

「おい、いくらだ?」

島崎が長谷川に訊く。

「五万二四〇〇円です」

「おじいさんは、何と?」

「ちゃんと振り込んである、と言ってましたね。現実に口座は残高不足なのに、そんなはずはない、の一点張りでしてね。押し問答しているときに、あのばあさんが騒ぎ出して、刑事さんたちが現れたというわけです」

「おおよその事情はわかりました。返済に関して、わたしたちがおじいさんに確認してみ

ます。今日は帰ってもらえませんか。これ以上、おばあさんを興奮させたくありません
し」

「それは刑事さんが返済を約束して下さるという意味ですか？」

「おい、なめた口を利くなよ。警察がサラ金の片棒を担《かつ》ぐような真似をするはずがないだろうが。今日は、おとなしく帰れ、そう言ってるだけだ」

「返済は、どうなるんですか？　わたしどもは約束を守ってもらいたいだけなんですが」

「島崎さんとおっしゃいましたね。今日は金曜日です。連休明けの火曜まで待ってあげて下さい。ご高齢だし、何かの記憶違いかもしれません」

「警察だからって、そんな無茶が通ると思ってるのか。何様のつもりだよ」

若い長谷川が腹立たしそうに言う。

「また騒ぎを起こすようなら、今度こそ署に来てもらうぞ。近隣の住民から苦情が出れば、警察としては適切に対処する必要がある」

「警察が脅すのか？」

「よせよせ」

島崎が長谷川を宥める。

「今日のところは刑事さんたちの顔を立てましょう。でも、今日だけですよ。返済は、き

ちんとしてもらいます。火曜日にね」

　島崎と長谷川がベンチから立ち上がる。

一五

　冬彦と高虎は磯松家に戻った。

　チャイムを鳴らすと、奥から小百合が出てきた。

「あの人たち、どうなりました？」

　心配そうに訊く。

「帰ってもらいました。とりあえず、来週まで、ここに来ることはないはずです」

　冬彦が答える。

「まあ、よかったわ！　国夫さん、刑事さんたちがちゃんと話を付けてくれたわよ」

　リビングの方に大きな声を出すと、さあ、上がって下さいな、お茶でも淹れますから、それとも、コーヒーの方がいいかしら、と、まるでこの家の主婦のように振る舞う。

「おばあさんは、いないんですか？」

　家の中が、しんと静まり返ってるのを怪訝に思って、高虎が訊く。

「いるわよ。いるんだけどねえ……」

小百合の表情が曇る。それを見て、

（ああ、そういうことか……）

冬彦と高虎は顔を見合わせて、小百合の言いたいことを察する。千恵子はまた自分の世界に引き籠もってしまったのに違いない。だから、静かなのだ。

「失礼します」

二人が靴を脱いで上がる。リビングに入ると、国夫が疲れた表情でソファに坐っている。ベランダに顔を向けると、千恵子がベンチに腰を下ろしている。ついさっき、サラ金業者を鬼の形相で怒鳴り、罵っていたのと同一人物だとは思えないほど、千恵子の表情は穏やかである。

「見苦しいところを見せてしまって……。どうか、おかけになって下さい。今、お茶でも……」

国夫が腰を浮かせると、

「わたしがやるわよ。任せて」

小百合が台所に立ち、薬缶《やかん》でお湯を沸かし始める。

「奥さん、落ち着かれたようですね」

冬彦が言うと、

「興奮して騒いだ後は、その反動なのか、突然、おとなしくなってしまうんです。騒ぐと疲れるのかもしれません」

「さっきの二人組のことなんですが……」

高虎がちらりと小百合に視線を向ける。その視線に国夫も気付いて、

「小百合ちゃんは、うちの事情を何でも知っています。隠すようなことはありませんから、遠慮しないで話して下さい」

「わかりました。あの二人、ひまわりファイナンスというサラ金の社員ですね？」

高虎が訊く。

「はい」

「芳樹さんがお金を借りたそうですね？　最初は二〇万くらいだったのが、支払いが滞《とどこお》って延滞金が発生し、今では八〇万ほどになっているとか……本当ですか？」

「本当です」

「しかし、一昨日、署に相談にいらしたときは、金銭問題はない、とおっしゃいましたよね？」

「申し訳ありません。嘘をつきました」

深々と頭を下げながら、国夫は嘘をついたことをあっさり認める。

「嘘をつきたくてついたわけじゃないんですよ」

小百合がお盆に湯飲みを載せて運んでくる。

「芳樹ちゃん、これまでに何度か借金取りに追われて姿を消したことがあるから、サラ金に借金があることを正直に話せば警察だって相手にしてくれないと思ったんですよ。だから、三人で相談して、伏せておくことにしたんです。ねえ、国夫さん？」

「はい。お恥ずかしい話ですが……」

「おじいさんが肩代わりして返済することを約束した、とあの二人は話してましたが本当ですか？」

冬彦が訊く。

「その通りです」

「それなのに、ここに取り立てにやって来たのは、なぜですか？」

「わたしにもわからないんです。毎月八日に引き落とすというから、昨日のうちに芳樹の口座に振り込んだんです。なぜ、引き落としができないのか、わたしにもわかりません」

「通帳は、お持ちですか？」

「いいえ。でも、振込の明細なら取ってあります」

国夫は立ち上がると、戸棚の引き出しから振込明細表を出して冬彦に渡す。そこには確かに、五万二四〇〇円を昨日、芳樹の口座に振り込んだことが記載されている。

「なるほど、ちゃんと振り込んでありますね。しかし、向こうは引き落としができなかったという。どういうことなんでしょう？」

冬彦が首を捻る。

「さあ、わたしにも、さっぱり……」

国夫が困惑顔になる。

「あ」

小百合がハッとしたように声を発する。

「芳樹ちゃんじゃない？　芳樹ちゃんがお金を下ろしたんじゃないかしら。だから、引き落としができなかったのよ」

「ああ、芳樹が……」

「通帳やキャッシュカードは芳樹さんが持ってらっしゃるんですか？」

冬彦が訊く。

「そう思います」

「きっと、そうよ。ということは、どこかに無事でいるってことでしょう？　刑事さん、どこのＡＴＭでお金を下ろしたか調べられるんでしょう？　調べてちょうだいよ。そうすれば、きっと芳樹ちゃんが見付かるわ」

「できないことはありませんが……」

「この近くで下ろしたのか、それとも、どこか遠くで下ろしたのか、それがわかるだけでも、芳樹ちゃんの居場所の見当がつくわよね」

「今は個人情報の保護が厳しいので、こちらが警察だからといって、そう何でも簡単に銀行も教えてくれないんですよ。令状があれば別ですが」

「令状って……」

「明確な事件性があれば、捜査令状を請求できますが、今の段階では、これが事件なのかどうかわかりません。もし芳樹さんが口座からお金を下ろしたのだとしたら、自分の口座から下ろしただけのことですし、そのお金もおじいさんが振り込んだものです。何の違法性も事件性もないわけです」

「難しいことを言われてもわからないけど……。嫌だわ、せっかくの手がかりなのに」

小百合は不満そうだ。

「さっき吉永さんにも話しましたが、サラ金の二人組、火曜までは何もしないと約束してくれました。それまでに国夫さんが振り込んだお金がどうなったのか調べられればいいんですが……」

冬彦は国夫から借りた芳樹のアパートの鍵をポケットから取り出してテーブルに置く。

「今日のところは、これで失礼します。何かわかったら連絡しますので」

冬彦と高虎が腰を上げる。

一六

車に乗り込むと、

「どうします、署に戻りますか？」

高虎が訊く。

「もうひとつ、寄り道して行きましょう……」

冬彦が西荻窪付近の住所を口にする。

「ふうん」

高虎は小さくうなずくと車を発進させる。

「寺田さん、どう思いました？」

「じいさんが振り込んだ金のことですか？」

「はい」

「何だか、変な話になってきましたね」

「やっぱり、そう思いましたか」

「そりゃあ、そうでしょう。金銭関係にだらしのない奴だっていうから、てっきり金銭トラブルが原因で姿を消したんだろうと思ってましたよ。だけど、じいさんが肩代わりしているのなら逃げる必要はないわけだ」

「そうですよね」

「もちろん、ひまわりファイナンス以外からも借りている可能性もあるわけですが、少なくとも、その連中は実家に取り立てには来ていない。文無しの磯松芳樹が自分で払っているとも思えないから、やはり、今現在の借入先はひまわりファイナンスだけと考えていいんじゃないですかね」

「ぼくも、そう思います」

「金銭問題以外に何か姿を隠さなければならないようなトラブルを抱えていたんですかね？」

「それは、国夫さんが振り込んだ返済のお金を引き出したのが芳樹さんなのかどうかによって見方が変わると思います」

「まさか令状を取るつもりじゃないですよね？　絶対に無理ですから。そんなことを言い出したら、係長、胃潰瘍《いかいよう》で倒れますよ」

「係長には申し訳ないと思いますが、必要なら令状を請求してもらいます。でも、その前に確かめたいことがあるんです」

「なるほど、署に戻る前に確かめるということですか。場合によっては署に戻り次第、令状の請求を係長に申請するつもりなんですね？」

「そういうことです」

冬彦がうなずく。

二人が向かったのは長塚工務店である。

西村春菜の勤務先だ。

「何でしょう、まだ仕事中だから、あまり時間は取れないんですけど」

呼び出された春菜は迷惑そうな顔を隠そうともせずに口を尖《とが》らせる。

「お時間は取らせません。訊きたいことは、ひとつだけですから。昨日、磯松さんのアパートに来たとき、預金通帳とキャッシュカードも持ち出しませんでしたか？」

「え」

春菜が息を呑《の》む。顔色が変わり、明らかに動揺した顔を見れば、質問の答えは聞くまでもない。

「それを使って、現金を引き出しませんでしたか？」

「そ、そんなこと……わたし、知りません」

「どこでお金を下ろしたのか、調べればすぐにわかりますし、銀行のＡＴＭコーナーであれ、コンビニであれ、今は防犯カメラが設置されていますから誰がお金を下ろしたのかもわかるんですよ。正直に話して下さい」

「……」

春菜は真っ青な顔でしばらくうつむいていたが、やがて、溜息をつきながらゆっくり顔を上げると、

「お金がないんです。困ってます。わたしだけでなく、うちの家族も困ってるんです。確かに、芳樹の口座から勝手にお金を下ろしましたけど、わたし、芳樹にお金を貸してるんです。一五万以上、貸してます。借用書とか、そういう証拠があるわけじゃないけど、間違いなく貸してます。嘘じゃありません。そのお金、一円も返してもらってません。だから、だから暗証番号も知ってたから……」

「口座からお金を下ろしたのは、つまり、貸したお金を返済してもらったようなものだ

「……そう言いたいわけですね？」

冬彦が訊く。

「はい」

「昨日は自分の荷物を取りに来たような話をしていたけど、実際は金目のものを探しに行ったわけか」

高虎が言うと、春菜が恨めしそうに高虎を睨む。

「あの……わたし、捕まりますか？」

「難しいところです。被害届が出ているわけではありませんからね。被害届を出すとすれば磯松芳樹さんですが、その磯松さんの行方がわからないわけですから」

「……」

「いくら下ろしたんですか？」

「六万円です」

「ひとつだけ言わせて下さい。その六万円のうち五万二四〇〇円は、おじいさんが振り込んだものです。芳樹さんがサラ金から借りたお金を肩代わりすることになったからです。今日が引き落とし日でしたが、口座にお金がなかったので引き落としができませんでした。サラ金業者がおじいさんのうちに押しかけて大声で騒ぎ立てたそうです。ぼくたちが業者と話して連休明けの火曜まで返済を待ってもらうことになりましたが、おじいさんとおばあさんも切り詰めた生活をしておられるので、新たにお金を用意するのは大変だと思います。たぶん、無理です」

「わたしにどうしろと言うんですか？　わたしからお金を取り上げに来たんですか？」

「まさか……そんなことはしません。ただ、よく考えてほしいだけです。このままだと、おじいさんたちは火曜日にとても困ったことになるけど、西村さんは、それを助けることができるんです」

　車に乗ってから、しばらく冬彦も高虎も口を利かなかった。その沈黙に痺《しび》れを切らしたのか、

「あれでよかったんですか？　勝手にお金を下ろしたことを認めたんだから、お金を取り返して、通帳とキャッシュカードと一緒にじいさんに渡してやればよかったんじゃないですかね？」

　高虎が口を開く。

「だって、ぼくたちは警察ですよ。被害届も出てないのに、そんな真似はできません」

「民事不介入ですか。それなら、せめて、じいさんに誰がお金を下ろしたか教えてやった

らどうですか？　そうすれば自分で取り返そうとするでしょうよ。火曜までにお金が戻らないと困るわけですからね。それなら構わないでしょう？」

「あまりいい考えだとは思えません」

「じゃあ、何のために、あの子に会いに行ったんですか？」

高虎が苛立った様子で舌打ちする。

「決まってるじゃないですか。お金を下ろしたのが磯松芳樹さんでないことを確かめるためですよ」

「それが確かめられたら、どうなるんです？」

「手がかりが何もなくなったことを意味しますね。小百合さんが言ったように、お金を下ろしたのが磯松芳樹さんだったら、どこにいるのか見当がついたかもしれませんから」

「何だか、わけがわからなくなってきたなあ……」

高虎が溜息をつく。

それきり二人は署に戻るまで口を利かなかった。

一七

夕方、「何でも相談室」でミーティングが行われた。もう終業時間を過ぎているので、三浦靖子はさっさと帰ってしまった。亀山係長も何食わぬ顔で部屋を出ようとしたが、

「あ、係長、もうすぐミーティングですから」

と、冬彦に声をかけられ、

「わたしもいないとまずいかな……」

妻に買い物を頼まれているから、できるだけ早く帰りたいんだけど、と小声で付け加える。

しかし、冬彦は、

「もちろん、係長にも参加していただきます」

と遠慮がない。

「そうか」

亀山係長は溜息をつきながら、すごすご自分の席に戻る。

「では、ミーティングを始めましょう」

冬彦が言うと、

「完全に仕切ってるからな。これから警部殿を陰の係長とでも呼ぶかな」

聞こえよがしに高虎が嫌味を言うが、聞こえないのか無視しているのか、冬彦はまったく表情を変えない。

「まず、ぼくから報告します。磯松芳樹さん失踪事件についてです」

「警部殿、細かいことを言うようですが、この案件を『事件』と呼ぶのはやめましょう」

高虎が言う。

「なぜですか？」

「簡単な話です。『事件』じゃないからです。ただの相談事に過ぎないでしょう。これから忙しくなったら、即刻、この調査は打ち切りですよ」

「寺田さんの意見として聞いておきます。で、報告ですが……」

居酒屋でバイトする前に磯松芳樹が働いていた塗装店を訪ね、芳樹の友人・柏木陽介に会って話を聞いたものの、芳樹の失踪に関して何も思い当たることがないと言われたこと、芳樹には借金があり、磯松家にサラ金業者が取り立てにやって来たこと、芳樹の借金を国夫が肩代わりして返済していること、今月の返済金を西村春菜が横取りしてしまったことなどを冬彦が話す。

「ということは、磯松芳樹さんの行方は依然としてわからず、何の手がかりもないということですか？」

樋村が訊く。

「そういうことだね」

冬彦がうなずく。

「もうひとつ、新たにゴミの不法投棄に関わる事件が発生しました」

「だから、それも『事件』じゃないでしょう？　区民からの相談案件を何でもかんでも大袈裟に『事件』扱いするのはやめて下さいよ。ねえ、係長？」

高虎が亀山係長に同意を促すが、亀山係長はどっちつかずの態度で曖昧《あいまい》に笑うだけだ。高虎の意見がもっともだとは思うものの、うっかり賛同して冬彦に反撃されたら、とてもかなわないとわかっているからだ。

「報告を続けていいでしょうか、係長？」

冬彦が訊く。

「はい、どうぞ」

「では……」

正木俊治という老人が波岡知子の門前にゴミを捨てており、双方の言い分が食い違っているものの、恐らく、来週中には解決するはずだ、と冬彦が説明する。

「ああ～っ」

高虎が大袈裟に溜息をつく。

「何で、わざわざ話をややこしくするかねえ。正木というじいさんが不法投棄しているのは、はっきりしてるんだ。双方の言い分が食い違っていると言うけど、正木が波岡家の門前にゴミを捨てたことは間違いない。何しろ、現場を撮影までされてるんだからな。動かぬ証拠があるわけだよ。波岡の言うことが正しくて、正木は嘘をついている。それだけのことじゃないか。こういうことは二度とするな、そう注意すればいいだけのことでしょう。注意されてもゴミを捨てるのをやめないようなら逮捕すればいいんですよ。違いますか？」

「そう単純な話ではないと思うんです」

「じゃあ、どういう話ですか？　何が複雑なんですか？」

「次、安智さんと樋村君」

「また無視か……」

高虎がぼやく。

「二人で千葉県の八千代市に行ってきました。新貝さんと離婚して、奥さんと娘さんが住んでるんです……」

　妻の由美子は離婚してから新貝和正とは会っておらず、ここ一年ほどは音信不通らしいです、もちろん、それが本当かどうか確かめる術《すべ》はありませんが……そう理沙子が説明する。

「わざわざ千葉まで行って、おまえたちも手がかりなしか」

　ふんっ、と高虎が鼻で笑う。

「新貝さんは北海道出身で、小樽に母親と兄が健在です。父親が亡くなったときの遺産相続で揉めて、兄とは絶縁状態だそうです」

「母親は？」

「脳梗塞で倒れてから寝たきりになってしまい、今は介護施設に入っているようです。他に手がかりもないので兄と連絡を取ろうとしたんですが、何度かけても電話が繋がらないんです。後でまた、かけてみるつもりですけど……」

　古い年賀状に記されていた連絡先なので、もしかすると、もう引っ越してしまったとか、あるいは、何らかの事情で住所や電話番号が変わっている可能性もありますが、と理沙子が付け加える。

「こっちも、とても『事件』とは言えない案件だが、そっちも似たようなもんだよな。所詮、ハガキ一枚だけの話で、何の実害も発生してないんだから。行き詰まったのなら、しばらく様子見でいいんじゃないか？」

高虎が、ねえ、係長、そう思いませんか、と亀山係長に話を振る。

「それも一理あるね……」

冬彦の顔色を窺《うかが》いながら、亀山係長が、うふふっ、と笑う。

「いつまでも電話が繋がらないようなら、何か別の手段を講じなくては……」

冬彦が思案する。すぐに、

「係長、北海道警察に新貝さんの実家について照会しましょう」

「え」

亀山係長がドキッとする。

「最寄りの交番にでも確認してもらえれば済むことですし、大した手間ではないと思いますよ。ぼくが直に北海道警察に掛け合った方がいいですか？」

「い、いや、それは困るよ、小早川君」

たとえ、どんな些細な事柄であろうと正規の手続きを踏まなければ、後々、問題を生じかねない……それが警察社会というものである。依頼内容をきちんと書類にして相手側の警察署に要請する必要があるのだ。いや、それ以前に、なぜ、そんな依頼をする必要があるのか谷本《たにもと》副署長に説明し、納得してもらう必要がある。それを考えるだけで、亀山係長は気が滅入《めい》る。

「その件は、もう少しよく考えて、その上で書類を作って……」

亀山係長は何とか時間稼ぎをしようとする。

「大丈夫です。任せて下さい。これからすぐに書類を作成します。そうですね、一時間もあれば作れますから、すぐ上に回してもらえますか？　週末だし急がないと」

冬彦がじっと亀山係長を見つめる。

「わかったよ」

がっくり肩を落とす。蛇《へび》に睨まれた蛙《かえる》のように、冬彦に頼み事をされると、どうしても断ることができないのである。

第二部　闇の奥

一

一月九日（土曜日）

休日だが、冬彦はいつもと同じ時間に出勤した。

出勤と言っても、休日出勤手当がもらえるわけではない。そんな申請をしたところで、三浦靖子が認めるはずがなかった。冬彦自身、さして金銭に執着はないので強引に申請を認めさせようというつもりはない。好きな仕事ができるだけで幸せなのだ。

「何でも相談室」の総務会計を一手に引き受けている靖子は、月末の忙しいときに、たまに休日出勤しているが、それ以外の者たちは、冬彦を除いて、滅多《めった》に休日出勤などしない。今日も冬彦一人である。「何でも相談室」だけでなく、他の部署も閑散としており、あまり人の姿がない。

紙パックの野菜ジュースを飲み、缶入りの乾パンを食べながら、冬彦がパソコンの画面に見入っている。画面上には古い地図が表示されている。一九六〇年代の杉並区の住宅地図である。

「ああ〜っ、これも違うな。じゃあ、こっちかな。いや、そうじゃない。あっちか……まったく、どれなんだ。地図が古すぎて、よくわからない……」

珍しく溜息をつきながら、ひたすらパソコンの画面を凝視《ぎょうし》している。そこに、

「仕事中毒だよなあ。これじゃあ、いつまで経っても彼女なんかできるはずないよね〜」

という声が聞こえ、

「ん？」

冬彦が振り返る。入口に千里《ちさと》が立っている。冬彦の妹だ。高校二年生である。

「何だ、千里か。まだ冬休みなのか？」

「今日は土曜日だから学校は休みじゃないの。仕事のしすぎで曜日感覚もなくなった？」

千里は、冬彦の隣の椅子《いす》に坐《すわ》る。

「何か用か？」

「冷たい言い方ね。用がなければ来るなってわけ？」

「そうは言ってない。何か用があるんじゃないかと思って気を利かせたつもりなんだが」

「そうは聞こえなかったけどね」

千里が肩をすくめる。

「休みの日に誰もいない職場で地味に仕事をして、わびしい昼ご飯を食べてるなんて、すごく哀れなんだけど」

「昼ご飯？　これは朝ご飯代わりだよ。うちで食べてこなかったから」

「だって、もうお昼だよ」

「え」

冬彦が壁にかかっている丸い時計を見る。一一時半を過ぎている。

「本当だ、昼じゃないか」

「何時から仕事をしてるの？」

「九時前かな」

「時間もわからないほど仕事に夢中になってたんだ。ある意味、幸せよね。仕事が大好きなんだから」

「皮肉か？」

「ううん、本心」

千里が首を振る。

「ねえ、せっかく来たんだから、お昼ご飯、ごちそうしてよ」

「いいよ。何が食べたい？」

「この近く、何があるの？」

「まずい蕎麦《そば》屋しかない」

「ああ、あそこね」

「喫茶店がいくつかあったな。喫茶店でも、パスタやカレーならあるんじゃないかな」

「やっぱり、モテないよなあ。お洒落《しゃれ》なカフェのひとつやふたつリサーチしておきなさいよ。お洒落じゃなくてもいいけど、ものすごくおいしいイタリアンとか和食のお店とか」

「何のために？」

冬彦が不思議そうな顔で訊く。

「もういいわよ、喫茶店のパスタで。どうせ、ナポリタンとミートソースしかないんだろうけど」

千里が溜息をつく。

二人で署の近くの喫茶店に入った。

意外と混み合っていて賑やかだ。店の奥に置かれた大型テレビで競馬中継をしているせいらしく、テレビの周囲のテーブルは、常連らしき中年親父どもに占領されている。

「騒がしい店だな。店をかえるか？」

「いいわよ、ここで。どうせ他の喫茶店だって似たようなものでしょうから」

窓際のテーブルに坐る。テレビから遠いせいか、窓際は空《あ》いている。

テーブルに置かれているメニューを手に取って、

「あら」

と、千里が声を上げる。

「何だ？」

「見てよ。わたしの言った通り」

千里がメニューの一点を指差す。食事は、サンドイッチ、カレー、パスタ、ビーフシチュー、ドライカレーくらいしかない。パスタは、ナポリタンとミートソースの二種類だけだ。

「何を食べる？」

「ナポリタン。お兄ちゃんは？」

「ナポリタン」

「同じ？　せめて、ミートソースにすればいいじゃん。シェアできるし」

「ナポリタンが食べたいんだ」

「じゃあ、わたしがミートソースにするわよ。セットにしていい？」

「いいよ」

セットメニューには、サラダ、スープが付き、ドリンクを選ぶことができ[illegible]よ[illegible]レンジジュースを、冬彦はトマトジュースを選んだ。

やがて、料理が運ばれてきて、二人は食べ始める。

「月末に引っ越すことにしたの」

「ん？」

「まさか忘れたわけじゃないよね？」

「忘れてないけど……。急だな」

二人の両親、賢治《けんじ》と喜代江は冬彦が中学三年生のときに離婚した。冬彦は喜代江と、千里は賢治と暮らすことになった。その後、賢治は今の妻・奈津子《なつこ》と再婚した。奈津子は賢《けん》太《た》と奈《な》緒《お》という二人の子を産んだ。九歳と七歳だ。

ここ一年ほどで、賢治と奈津子の仲が修復不能なほど険悪になった。原因は賢治の浮気である。先月、離婚する覚悟を決めた奈津子は賢太と奈緒を連れて実家に戻った。奈津子との離婚が成立したら、賢治は浮気相手と結婚するつもりでいる。千里は賢治と暮らすことに嫌気が差し、自分も家を出たいと考えた。

しかし、まだ高校生である。生活能力はない。それで冬彦に相談し、一緒に暮らしてくれないか、と頼んだ。冬彦とすれば何とかしてやりたいのは山々だったが、今は喜代江と二人暮らしで、その喜代江は心を病んでいる。とても千里が一緒に暮らすことができる状態ではない。かといって、喜代江に一人暮らしをさせて、冬彦が千里と暮らすというのも現実的な話ではない。千里が途方に暮れているとき、思いがけず奈津子から、一緒に暮らさないかという申し出があった。賢太と奈緒がお姉ちゃんを慕って淋しがっているというのである。実家の近くにマンションを借りるから四人で暮らそう、と奈津子は提案してくれた。引っ越しても、通学時間は今と大して変わらない。千里は承知した。

そんな話を千里から聞かされてから、まだ三週間も経っていない。てっきり引っ越しは春くらいなのか、と冬彦は勝手に思い込んでいた。

「確かに急だとは思うけど、わたしにとってはありがたいわ」

「何で？」

「だって、お父さん、あまりうちに帰ってこないんだもん。あんな広い家に一人よ。淋しいっていうか、ちょっと怖いよね」

「相変わらず、いい加減な人だな、賢治さんは」

「誰よりも自分が一番大切だっていう人だもんね、ものすごい個人主義。ある意味、お兄ちゃんに似てるじゃない」

「は？」

冬彦がぽかんと口を開ける。

「おれのどこが賢治さんに似てるっていうんだよ。全然似てないよ」

「頭はいいけど、お兄ちゃん、自分のことは何もわかってないじゃない。周りの空気も読めないし。ねえ、ちゃんと職場の人たちとうまくやってる？　わたし、自分のことより、お兄ちゃんのことが心配なんだけど」

「心配ない。うまくやってる。『何でも相談室』のチームワーク、ばっちりなんだ」

「そう思ってるのが、お兄ちゃんだけじゃないといいんだけど」

千里が疑わしそうな目で冬彦を見る。

二

一月一二日（火曜日）
「じゃあ、これで……」
亀山係長が朝礼を終わろうとすると、

「ダメですよ、係長。あれ、ちゃんと言わないと」

三浦靖子が横目で睨む。

「ああ、そうだったね」

こほん、と小さく咳払《せきばら》いすると、ぼちぼち新たな相談案件が入ってきているので、みんなで手分けして効率よく処理して下さい、と言う。これでいいかな、と問うような眼差《まなざ》しを靖子に向ける。

「まったく……」

靖子が首を振りながら大きな溜息をつく。

「おい、ドラえもん君」

「ぼくですか？」

冬彦が靖子に顔を向ける。

「係長が言ったこと、ちゃんと聞いてた？」

「はい、もちろん」

「ちゃんと理解した？」

「相談案件を手分けして処理すればいいんですよね？」

「先週は、年末年始の休み明けということもあって相談案件も少なかったから、同じ案件に時間をかける余裕もあったわけよ。だけど、これからは、そうはいかないわよ。今やってる案件、さっさと終わらせるか、うちの手に負えないようなら他の部署に引き継いでちょうだい。そうですよね、係長？」

「う、うん、そうだね」

うふふふっ、と亀山係長が薄ら笑いを浮かべる。

「そんなわけにはいきませんよ。中途半端な状態で放り出すなんてことは……」

冬彦が反論しようとするが、

「うるさい！　ここは警察なんだよ。役所なんだよ。トップダウンなんだよ。上司の命令には黙って従え！　いつまでもボランティア気分で好き勝手なことばかりされてちゃ困るって言ってるの」

靖子が怒りを爆発させる。

「待って下さい。係長、これはどういう……？」

「あのね、係長がおとなしいからって調子に乗るんじゃないわよ。心に思っているけど口に出せないことを、わたしが係長に代わって言ってるのよ。万年警部補の係長は、キャリアの警部君には遠慮して何も言えないんだよ。わたしは事務職員だから相手が警部だろうが何だろうが関係ない。だから、遠慮なく何でも言えるの！」

興奮しているせいか、靖子の鼻息が荒い。

「はあ」

さすがの冬彦も靖子の剣幕にたじたじとなる。

「ま、当然の意見だな。わかった。相談案件は、こっちで手分けして片付ける」

高虎が仲裁《ちゆうさい》に入り、とりあえず、靖子も矛《ほこ》を収める。ようやく朝礼が終わる。

「さて、どうしますかね？」

高虎が冬彦を見る。

「ぼくだって、他の案件をどうでもいいと思っているわけではないんです。ただ、磯松芳樹さんの失踪と正木俊治さんのゴミ出しの件、ぼくの直感では、そろそろ何らかの答えが出るような気がするんです。だから、今、棚上げするのはまずいんです」

「新規の相談案件、いくつあるの？」

理沙子が樋村に訊く。

「三つです」

「手がかかる感じ？」

「いやあ、そうでもないんじゃないですか。これは、ぼくの直感ですが」

「それなら、その三つ、わたしたちが引き受けますよ。新貝さんの件、何の手がかりもなくて手詰まりだし、寺田さんが言ったようにハガキ一枚だけのことで、今のところ実害もないわけですから」

「棚上げするのか？」

「新たな動きを待つ、といってほしいですね」

理沙子が肩をすくめる。

「実害がないという点では磯松芳樹の失踪も同じような気がするんですが、警部殿は、そう考えてないわけですよね？」

高虎が冬彦に皮肉めいた言い方をする。

「磯松さんのおばあちゃん、頭の霧が晴れたら、きっとここに乗り込んできますよ。いつになったら芳樹を見付けてくれるんだ～って。クレームを申し立てられれば、こちらとしても何らかの対応をせざるを得ないわけですし、それくらいなら、このまま捜査を続ける方がいいと思うんですよね。さっき言ったように、もうすぐ答えが見付かりそうな気がしますし」

「警部殿を甘やかしている気がしないでもないが、今日のところは樋村と安智に助けてもらうか」

仕方ねえな、と高虎がぼやいたとき、

「ドラえもん君に電話だよ。磯松さんだって」

靖子が声をかける。

「はい、小早川です」

保留ボタンを押して、冬彦が電話に出る。

「え？　ああ、なるほど……。はい、構わないと思いますよ……そうですね、よかったですね……。何かわかったら連絡しますので……」

「何かあったんですか？」

冬彦が電話を切ると、高虎が訊く。

「おじいさんからなんですが、郵便受けにお金が入っていたそうです。六万円。それに通帳とキャッシュカードも。そのお金を使ってもいいだろうか、という問い合わせでした」

「それは構わないでしょう。元々、あのじいさんが振り込んだ金なんだから」

「ぼくも、そう答えました。これで今月分を返済できると喜んでましたよ」

「ふうん、あの子が返したわけか。こうなるとわかってたんですか？」

「わかっていたわけじゃありませんが、期待はしていました。そうしてくれ、と願ってました」

「もし、あの子が返さなかったら、どうするつもりだったんですか？」

「正直に言えば、何も考えてませんでした」

「羨《うらや》ましいくら…なんですね」

…んなに悪いことばかりじゃないですから。ぼくは善意を信じます」

「…にこっと笑う。

三

冬彦と高虎は荻窪一丁目、松渓《しょうけい》公園の近くにある丸山《まるやま》工務店に向かった。去年の五月まで、磯松芳樹は西村春菜が事務社員をしている長塚工務店で左官見習いをしていたが、そこにいたのは正味八ヶ月ほどで、一昨年の九月までは丸山工務店で働いていたのである。一年半ほど勤務した。芳樹が初めて正社員として採用された職場である。

「何年も前に辞めた職場を訪ねても仕方ないんじゃないんですかね？」

車を運転しながら、高虎がぼやく。まったく気乗りしない様子である。

「大袈裟だなあ。そんな昔の話じゃありませんよ。ほんの二年前の秋まで、そこで働いていたわけですからね」

「磯松が働いていたところを訪ねても何の手がかりもつかめないじゃないですか……」

これまでに冬彦と高虎は磯松芳樹のバイト先やかつての職場を訪ね、友人や同僚から話を訊いた。

先月初めまでバイトしていた「彦八」という居酒屋では親友の田代昌也から話を訊いた。「彦八」の前には川岸塗装店でバイトしていたので、そこを訪ねて親友の柏木陽介から話を訊いた。正社員として勤務していた長塚工務店には行っていないが、仕事振りや人間関係については事務社員をしている西村春菜から話を訊いた。いろいろ話を訊くうちに磯松芳樹に関する情報は増えたものの、なぜ芳樹は姿を消したのか、今はどこにいるのか、という肝心な点については、高虎の言うように何の手がかりもない。

「だからこそ、丸山工務店に行くんじゃないですか。これまでが空振りだったから、次も空振りだとは限りませんよ。今度は何か手がかりが見付かるかもしれませんからね。言ったでしょう、近々、解決しそうな予感がするんです」

「うん、やる気満々だ。

高虎が溜息ブシンキング、羨ましいです」

事前に冬彦がアポを取っておいたので、社長の丸山高俊《たかとし》が事務所で待っていた。年齢は六〇代半ばくらい、髪が薄く、でっぷりと肥《こ》えた巨漢である。

事務所の隅に衝立《ついたて》で区切られたスペースがあり、そこにソファが置かれている。そのソファに、冬彦と高虎は丸山と向かい合って坐った。

「芳樹のことを訊きたいそうですが、電話でも申し上げたように、わたし自身、芳樹がここを辞めてから会ってないので、これといってお話しできることもないと思うんですが……」

「親しくしていた同僚の方とか、いらっしゃいませんか？」

冬彦が訊く。

「いませんねえ。うちは見ての通り、小さな工務店で社員もほんの数人しかいません。一番若い奴でも三〇過ぎです。景気もよくないから、定期的に社員を採用したりしてないんです。できない、と言った方がいいかな。みんな古くからいるベテランばかりですよ。芳樹がうちに入ったのは、二一くらいのときだったかなあ。周りに話の合う人間もいなくて、かえって悪かったなあという気がしました。何て言うか、浮いてる感じだったから」

「なぜ、採用したんですか？」

「磯松さんに頼まれたからですよ」

「国夫さんですか？」

「ええ」

丸山がうなずく。

「わたしが駆《か》け出しの頃、磯松さんにはよくしてもらったんです。昔は先輩が手取り足取り丁寧に仕事を教えてくれたりしません。今だってそうですけど、昔よりは、ましです。昔は、ちょっとヘマをしただけですぐに殴られましたけど、さすがに今はそんなことはありませんからね。まあ、怒鳴《どな》られたりはしますが」

「磯松国夫さんは、そうではなかったんですか？」

「あの人は全然違いましたね。温厚で優しくて面倒見がいいんです。しかも、とびきり腕がいい。あの人の塗り天井は神業《かみわざ》だって、みんな言ってましたからね。そんな人が、なぜか、わたしをかわいがってくれて仕事を教えてくれたんです。感謝してもしきれません」

「すいません、塗り天井って、何ですか？」

冬彦が興味深そうに訊く。

「左官と言えば、コテとコテ台を手にして壁を塗るのが仕事だと思われているし、実際、塗り壁が仕事の中心であるのは確かなんですが、それだけじゃないんです。風呂場やリビングの壁にタイルも貼るし、レンガやブロックを積むこともあります。塗り壁の応用で、コンクリート床を均《なら》す仕事もあります。そういう様々な仕事の中で、最も難しいのが天井を塗ることなんです。腕のいい左官はほとんど凹凸《おうとつ》がないように塗り壁を仕上げます。仕事の基本でもあるし、何年かやっているうちに見よう見まねで、できるようになっていきます。しかし、塗り天井は、そうはいかない。無理な姿勢で作業をしなければならないし、しかも、塗ったものが垂れることもある。すぐに凹凸ができてしまうんですよ。太陽の光や照明が当たると凹凸部分に影ができるから、すぐにわかるんです。天井をフラットに仕上げるのは本当に難しいんです。磯松さんは、それをいとも簡単にやっていた。いや、簡単ではないが、周りからは簡単にやっているように見えた。あの人こそ本物の名人です。磯松さんに仕込んでもらえたおかげで、わたしは今でもこの商売を続けていられると思っています」

「恩人ということですね？」

「そうです。大恩人です。だから、孫をよろしく頼む、と頭を下げられたら、とても断れません。恩返しのつもりで引き受けました」

「しかし、長続きはしなかったわけですよね？　一年半ほどで辞めていますから」

「ええ……」

丸山が溜息をつく。

「磯松さんの孫を預かったわけですから、わたしとしても何とか一人前の職人にしてやりたかったんですが、どう贔屓目《ひいきめ》に見ても、一人前になれそうな感じではありませんでした」

「なぜですか？」

「根気がなかったんですよ。不器用でも、物覚えが悪くてもいい。失敗しても構わない。何度もやり直しているうちに少しずつ体が覚えていきますから。だけど、少なくとも仕事に真剣に向き合わなければダメです。適当に手抜きして楽ばかりしようとすれば、いつまでも一人前の職人になることはできません。見習いのうちは給料も安い。でも、朝早くからきつい仕事をしなければならない。嫌になるのもわからないではないんですけどね」

「自分から辞めると言ったんですか？」

「働き始めて一年過ぎた頃から勤務態度が悪くなりましてね。何度かきつく叱《しか》りました。特に辞めるひと月くらい前には無断欠勤が続いたりして、まったくやる気が感じられなかったですね。普通ならクビですよ」

「磯松さんに気を遣《つか》ったんですね？」

「他の社員への示しもつかないし、あのときは困りました。芳樹の方から辞めると言ってくれて、正直、ホッとしましたよ」

「こちらを辞めた後、磯松さんは他の工務店で働き始めました。ご存じでしたか？」

「ご存じも何も、わたしが長塚工務店を紹介したんですよ」

「え。そうなんですか?」

「もちろん、芳樹は知りませんよ。うちを辞めて、他の仕事を探すつもりだったようですが、うまくいかなかったんでしょう。こっそり磯松さんが訪ねてきて、どこか芳樹を雇ってくれるところはないだろうかと相談されて、長塚工務店を紹介したんです。あそこの社長、わたしの後輩なんですよ。わたしの紹介だと言うと芳樹が反発するかもしれないので、それを伏せて、磯松さんが芳樹を長塚のところに行かせたんです」

「そうだったんですか」

「孫のことで、ずっと苦労してるわけですね」

高虎がうなずく。

「長塚工務店は去年の五月に辞めています。勤務したのは八ヶ月ほどですが、辞めた理由をご存じですか?」

「長塚は人情味のあるいい男ですが、仕事には厳しいんです。わたしは磯松さんに恩義を感じているから、どうしても芳樹に甘くなってしまうところがありましたが、長塚には、それがない。何の遠慮もなく、他の社員と同じように芳樹を扱ったはずです。それが当たり前なんですが……」

「仕事の厳しさに耐えられなくて辞めたわけですね？」

「長塚からは、そう聞いています」

「ここを辞めた後、芳樹さんと会ったことはありますか？」

「ありません」

丸山が首を振る。

「では、最近の様子なんかは、ご存じではありませんね？」

「長塚のところを辞めた後、芳樹がどうしているかは知っています」

「なぜですか？」

「磯松さんから聞いたからですよ」

「よくお会いになるんですか？」

「そんなことはないんですが、昨年の後半は何度か会いました。去年の一一月下旬に一度、それから一二月初めに一度会っただけです。あ、違う。一二月は二回会ってるな」

「どういう用件でお会いになったんですか？」

「一一月に会ったときは、芳樹の仕事について相談されました。長塚のところを辞めて、ペンキ屋で短期のバイトをしたそうですが、性に合わなかったのか、左官の仕事を探したそうです。磯松さんやわたしの紹介ではなく、初めて自力で探そうとしたわけです。どこか見付けたものの、運悪く、その工務店が潰《つぶ》れてしまい、就職話がダメになってしまったそうです。仕方なく居酒屋でバイトをして稼いだようですが、それを見かねて、磯松さんが訪ねていらしたんです。もう一度、うちで雇ってくれないか、という頼みでした」

「ここで、もう一度ですか？」

「ええ」

丸山が重苦しい溜息をつく。思い出して楽しいようなことではないのであろう。

「断りました。磯松さんには申し訳ない気持ちでしたが、一年半の間、間近で芳樹の仕事振りを見て、とてもじゃないが、また雇いたいとは思いませんでした。最近は、景気も悪くて仕事も減ってますし、無理をしてまで雇う余裕もなかったんです」

「国夫さんは？」

「粘《ねば》られたら困るなと思いましたが、意外とあっさり引き下がってくれたので助かりました」

「一二月の初めに会ったときも、やはり、芳樹さんの仕事に関する相談だったんですか？」

「芳樹の話はあまりしませんでした。すぐには仕事も見付からないので、居酒屋でバイトしながら、じっくり腰を据えて仕事を探すつもりのようだ、左官の仕事を続けるのかどうかも芳樹本人に任せる……そんな話をちょっと聞かされただけです。あのときは、ベランダにベンチを作るから道具を貸してくれないか、という話がメインでした。それにセメントも買いたい、と」

「ベンチを作る道具を借りにいらしたんですか？」

「コンクリート製のベンチを作るつもりだというので、ウッドデッキ製のベンチの方が見た目もお洒落だし、作るのも簡単じゃないんですか、と言ったんですが、久し振りにセメントをいじりたくなった、と笑ってました」

「なぜ、わざわざ丸山さんのところにいらしたんですか？　素人なのでよくわからないんですが、セメントならホームセンターで買えるんじゃないんですか？」

「普通に市販されているものは、セメントと砂を混ぜたドライモルタルがほとんどですね。セメントをコンクリートにするにはセメントと砂を一対三くらいの割合で混ぜたものに、少しずつ水を加えていくというやり方をしますが、その割合によってコンクリートの強度が変わってくるので、プロはドライモルタルを使いません。自分で砂と混ぜるんです。それに、うちから買う方がホームセンターで買うより安いですからね。道具も借りたいようでしたし」

「コンクリートでベンチを作るのは難しいんですか？」

「モノによります。単純な形であれば大して難しいことはありません。枠組《わくぐ》みを拵《こしら》えて、そこにコンクリートを流し込むだけですから。デザインに凝ったりすると、工程が複雑になる分、手間もかかるし、難しくなります」

「磯松さんのお宅で、ベランダに置いてあるベンチを見ましたが、それほど凝《こ》ったデザインには見えませんでした。シンプルでしたよ。だけど、坐り心地はよさそうでした」

「やっぱり腕がいいんですよ。手伝います、と申し出たんですが、やんわり断られました。セメントの扱いは慣れているでしょうが、枠組みを拵えるのは左官ではなく大工の仕事なので、それがちょっと大変かなと思って手伝おうとしたんですけどね。毎日暇で、いくらでも時間はあるから、退屈しのぎに自分で全部やってみるよ、と笑ってました。わたしがやったのは軽トラでセメントや道具をマンションに運んだことくらいです」

「何日に運んだか正確な日付を覚えていらっしゃいますか？」

「待って下さい……」

丸山がポケットから手帳を取り出して、カレンダーに記したメモを確認する。

「磯松さんが訪ねてきたのが一二月七日の月曜日で、わたしが軽トラでマンションに行ったのが、その翌日です。だから、わたしは一二月に二回、磯松さんに会っています」

「貸した道具を引き取りには行ってないんですか？」

「一週間くらいしてから、ベンチができたから都合のいいときに道具を取りに来てくれないか、と電話がありました。自分で引き取りに行くつもりだったんですが、年末ということもあって、何だかんだと忙しくて自分では行けないので、うちの社員に取りに行かせました」

「一二月の初めから芳樹さんの行方がわからないんですが、丸山さん、何か心当たりはありませんか？」

「正直に言えば、心配しすぎなんじゃないですかね。芳樹だって、もう大人なんだし。うちに勤めているときだって、ずる休みして、友達とどこかに遊びに行ってしまったことがありましたよ」

「かれこれ、ひと月になるんですが」

「磯松さんはあまり心配してないでしょう？　心配してるのは奥さんだけじゃないんですか」

「なぜ、そう思われるんですか？」

「芳樹がどんな奴か、磯松さんはわかっているはずだからですよ。だけど、奥さんは、そうじゃない。たった一人の孫だし、溺愛してますからね」

「ありがとうございました。何か思い出したことでもあったら、ご連絡いただけますか？」

「ええ、わかりました」

四

冬彦と高虎は署に戻った。

「あ〜っ、ちょいと話を聞いてきただけなのに、何だか、ものすごく疲れたな。なぜだ？」

ぶつくさ独り言をいいながら、高虎が机で頬杖《ほおづえ》をつく。

「普段、働いてないからじゃないの？　だから、たまに真面目《まじめ》に働くと疲れるのよ」

靖子が嫌味を口にする。

「お生憎《あいにく》だが、おれは怠《なま》け者じゃないぜ。できることなら怠けたいと思わないでもないが、相棒が許してくれないんでね」

高虎がちらりと横目で冬彦を見遣《みや》る。

冬彦はパソコンを夢中になって操作している。何か調べ物をしているらしい。高虎と靖子の会話など耳に入らないのか、それとも意識的に無視しているのか、まったく反応しない。

「あの～」

ドアの方で声がする。

「ご用ですか？」

靖子が腰を浮かせながら訊く。

「小早川さんか寺田さんに……」

「そこにいます！」

靖子が冬彦と高虎を指差す。何だよ、うるせえな、という顔で高虎がドアの方に顔を向ける。

「お。吉永さんじゃないですか。警部殿、吉永さんですよ」

「……」

冬彦は、パソコンの画面を睨んだままだ。

「まったく、ゲームに夢中になってる子供みたいだよな」

高虎は立ち上がって冬彦のそばに行き、肩をぽんぽんと叩く。冬彦がびくっと体を震わせる。

「何か用ですか？」

「お客さんですよ。吉永さんですよ」

「え、小百合さんですか？」

冬彦がピンと背筋を伸ばし、小百合に顔を向ける。

「こんにちは。どうかなさいましたか？」

「いいえ、ちょっとそばまで来たのでご挨拶《あいさつ》をと思いまして……」

小百合が紙袋を持ち上げる。何か手土産《みやげ》でも持ってきたらしい。

「どうぞ、そちらに」

冬彦が部屋の隅にあるソファを指し示す。

「すいませんね。お忙しいでしょうに」

「ちょうど出先から戻ってきたところです」

冬彦と高虎は隣り合って坐り、小百合は向かい側に腰を下ろす。

「これ、つまらないものですが……」

羊羹《ようかん》とお饅頭《まんじゆう》なんですけど、若い方のお口に合うかしら、と言いながら小百合が紙袋を差し出す。

「ぼくは食べませんが、和菓子が大好きな人が何人かいますから無駄にはなりませんよ」

冬彦がにこっと笑う。

「え？」

小百合が怪訝な顔になる。

「小早川さん、お嫌いなんですか？」

「あ〜っ、つまりですね……気を遣っていただいてすいません、どうもありがとうございます、と言いたいわけですが、頭がよすぎて、その気持ちをわかりやすく表現できないんです」

高虎がフォローする。

「ぼくは別にそんな意味で言ったのでは……」

「いいんです、いいんです、警部殿は黙っていて下さい。その方が何事も穏便《おんびん》に済むので」

高虎が冬彦の発言を封じる。

「芳樹ちゃんのこと、何かわかりました？　一生懸命、捜して下さっているのは重々承知してるんですが、千恵ちゃんがすごく心配してましてね」

小百合が小さな溜息をつく。

「頭の中の霧が晴れると芳樹ちゃんのことしか話さなくて国夫さんも困っているんですよ。実は、今日も自分が警察に行く、と言い張って国夫さんと喧嘩《けんか》になったんですよ。マンションに行ったら、珍しく国夫さんが大きな声を出してましてね。刑事さんたちがきちんと調べて下さっているのに催促するような真似をするなって。滅多に怒らない人なんですけど……」

「それで吉永さんが代わりにいらしたんですか?」

「駅前で買い物したかったのも本当なんですけどね。まあ、誰かが警察に行かないと夫婦喧嘩が収まらない感じだったもんですから」

「いろいろ調べてはいるんですが、肝心の芳樹さんの行方はまだ見当がつきません。さっき芳樹さんが初めて正社員として働いていた丸山工務店に行ってきたんですが、これといって手がかりなしです」

冬彦が説明する。

「わかったのは、国夫さんが先月、ベランダに置くベンチを作るに当たって丸山社長に道具や材料を借りたことくらいでしてねえ」

高虎が補足説明する。

「ああ、あのベンチね。千恵ちゃんには、いいクリスマスプレゼントになったでしょうね。あのベランダは、千恵ちゃんのお気に入りだから」

「千恵子さんは、ベランダから公園を見下ろすのが好きだと国夫さんから伺いました。芳樹さんが小さかった頃、ベランダから公園で遊んでいる芳樹さんを見守っていたんですよね？」

「ええ、そうなんです。あそこは気持ちのいい風が通るし、公園の緑も見渡すことができるし、とても居心地がいいんですよ」

「吉永さんも、あのベンチに坐ったりするんですか？」

「国夫さんがあのベンチを拵える前は、白い椅子とテーブルが置いてあったんですよ。よく庭に置いてあるような、鉄でできた椅子とテーブルね。椅子が三脚と小さなテーブル。天気のいい日には、ベランダに出て三人でお茶を飲んだり、暑い夏の夜には夕涼《ゆうすず》みしたり……。それで十分すぎるほど気持ちがよかったんですよ。正直に言えば、国夫さんが急にベンチを作ると言い出して、ちょっとがっかりしました。鉄の椅子だから、確かに寒い日には冷たくなってしまうけど、クッションか座布団でもお尻に敷けばいいだけのことじゃないですか。そう千恵ちゃんとも話したんですよ。椅子とテーブルのセット、まだ買ったばかりだったし」

「そうなんですか？」

「去年の夏に千恵ちゃんがホームセンターのバーゲンで買ったんだから、まだ半年くらいしか経ってないんですよ」

「それを買う前は、どうしていたんですか？」

「古い丸椅子があったんです。それを持ち出して坐ってたんですけど、テーブルはなかったから、お茶を飲むには不便でした。だから、千恵ちゃんが椅子とテーブルのセットを買ったんです。今のベンチは大きいから、テーブル代わりにも使えるんですけどね。最初は、わたしも千恵ちゃんもどんなベンチができるのかわからなかったから、ちょっぴり不安だったんですよ。それで、こんな寒い時期にやらなくても、もう少し暖かくなってからにしたら、って千恵ちゃんと二人で国夫さんを説得したんです。でも、国夫さん、意外と頑固なところがあって、ベンチを作ると決めたんだからうるさいことを言うなって怒っちゃって」

小百合が肩をすくめる。

「千恵ちゃん、ぶつくさ文句を言ってましたけど、ベンチが完成して間もなく芳樹ちゃんと連絡が取れなくなって死ぬほど心配するようになったので、もうベンチどころじゃなくなったんですよ」

「なるほど、あのベンチは千恵子さんへのクリスマスプレゼントだったんですか」

「あら、わたしったら無駄口ばかり叩いて、お仕事の邪魔をしちゃいましたね」

小百合が腰を上げる。

「いいえ、とんでもない」

「もう帰ります。お忙しいと思いますけど、どうか芳樹ちゃんを見付けてあげて下さい」

深々と頭を下げる。

五

小百合が帰ると、冬彦はまたパソコンの操作に夢中になる。

時折、どこかに電話をかける。

しばらくすると、

「ちょっと出てきます」

と椅子から立ち上がる。

「おれも行きましょうか？」

高虎が訊くと、

「結構です。寺田さんが来ても役に立ちませんから」

「あ、そうですか」

冬彦が出て行くと、靖子が高虎に近付いてくる。

机の上にドーナツをひとつ置くと、

「あんたの気持ちはわかるよ。悪気はないんだろうけど、口の利き方を知らないからね。気配りってものが足りないよ。ドラえもん君だから、わたしたちとは別の世界に住んでるんだろうね、きっと。あんた、よく我慢してるよ」

高虎の肩をぽんぽんと軽く叩《たた》く。

「ありがとうよ。警部殿のおかげで、おれは忍耐ってものを学んでる気がするぜ」

ドーナツを食べ始める。


終業時間が過ぎ、高虎がぼちぼち帰ろうかとぼんやりタバコを吸っているところに、冬彦が息を切らせて戻ってきた。高虎の顔を見るなり、

「ああ、よかった。まだ、いたんですね」

「もう帰るところですよ」

「今夜、付き合ってほしいんです」

「嫌ですよ。今日の仕事は、もう終わったんで」

「そんなことを言わないで下さい。とても大事なことなんです」

「おれなんか大して役に立ちませんよ」

「時と場合によります。お願いしますよ」

「まったく勝手な人だよ」

高虎が溜息をつく。

「で、どこに行くんですか？」

「柿崎さんのお宅です」

「柿崎さん？」

高虎が首を捻る。

「自治会長さんですよ」

「自治会長？　あのゴミの不法投棄の……」

「ええ、ゴミを捨てた正木さんの幼馴染みです」

「何で、自治会長に会うんですか？」

「今夜、謎が解けるからです」

「謎って……」

「まあ、そう焦《あせ》らないで下さい。時間は、たっぷりありますから。まずは、晩ご飯を食べませんか？」

冬彦がにこっと笑う。

ファミレスで食事をしてから、二人はサウナに行った。

「あまり早い時間に行っても待つだけですから」

風呂に入り、サウナで汗を流し、休憩室でリクライニングチェアに横になった。

「こんなに時間があるのなら、一度、家に帰ってもよかったかなあ」

高虎がぼやく。

「ダメですよ。寺田さん、うちに帰ったら、お酒を飲むじゃないですか。お酒を飲んだら仕事ができなくなりますからね」

「今だって飲みたいですよ。汗を流してすっきりしたところで、冷たいビールを一杯ね。さぞ、うまいでしょうよ」

「今夜は長い夜になるかもしれませんから、今のうちに少しでも寝ておいた方がいいですよ」

「素面《しらふ》で眠れるかねえ……」

舌打ちしながら、高虎が目を瞑《つむ》る。一分も経たないうちに小さないびきをかき始めた。

「どこにいてもすぐに寝られるというのは一種の才能だな」

感心したようにうなずくと、冬彦も目を瞑る。たちまち冬彦の口からも寝息が洩れる。

高虎よりも短い時間で眠りに落ちた。

六

二人が自治会長・柿崎正平の家を訪ねたのは午後一〇時過ぎである。事前に連絡しておいたので、柿崎は驚いた顔もせずに玄関先に出てきた。

「遅い時間に申し訳ありません」

「いいえ、構いませんが……。どういうことなんでしょうか?」

「それは波岡さんのところでお話しします」

「わかりました」

三人は車で波岡家に移動する。

波岡知子にも連絡をしておいたが、詳しい説明をしていないので怪訝《けげん》な顔をしている。

「ぼくの推測が正しければ、今夜……もしかすると、明日の早朝かもしれませんが、正木さんがこの家の前にゴミを捨てに来るはずです」

「は?」

波岡が険しい表情になり、それがわかっているのなら正木さんの家に行って止めたらいいでしょう、なぜ、そうしないんですか、と憤慨する。

「それでは何も解決しないんです。正木さん自身に納得してもらう必要があるからです」

「よくわからないわ」

「もうすぐ一〇時半です。どんなに長くても、あと六時間以内には答えがわかるはずです。ぼくたち二人は、車の中から見張ります。正木さんが現れたら、すぐに連絡しますので、それまではお休みになっていて下さい」

「何だか気持ちが悪いわねえ。眠れるかしら」

波岡が機嫌悪そうに溜息をつく。

「わたしも車に乗っていてはいけませんか？」

柿崎が言う。

「何時になるかわかりませんし、車の中で待つのは疲れますよ。ご自宅で待機していて下さい」

「うちに帰っても落ち着きませんよ」

「それなら会長さんは、うちで待っていればいいじゃないですか。リビングでよければどうぞ。ソファで仮眠も取れますよ」

波岡が勧める。

「ご家族の方たちにご迷惑でしょう」

「主人は出張で留守ですし、娘は、この時間になると自分の部屋に上がってしまいますから。何でしたら、刑事さんたちもどうぞ。車の中で見張るよりは居心地がいいと思いますよ」

「お気遣い、ありがとうございます。しかし、ぼくたちは車で大丈夫です」

波岡と柿崎が家の中に入ると、冬彦と高虎は路駐した車に乗り込む。

「何時に現れるかわからないと言ってましたが、もしかしたら現れない可能性もあるわけですか？」

高虎が訊く。

「ええ、もちろん」

「もちろんって……。朝まで何をしてるんですか?」

「二人で見張る必要はないので交代で眠りましょう。寺田さん、先に寝て下さい」

「こんなことならサウナで寝なければよかった。眠れやしませんよ」

「どうかなあ。試しにやってみたらどうですか。目を瞑って、羊を数えるんですよ」

「一万匹まで数えても眠れないと思いますけどね」

「モノは試しです」

「はいはい」

高虎が目を瞑り、わざとらしく声に出して羊を数え始める。

「羊が一匹、羊が二匹……」

三〇まで数えて、高虎の声が聞こえなくなる。もう寝ている。

「眠れないなんて言って、いくらでも眠れるじゃないですか……」

冬彦がふふふっ、と笑う。

助手席にじっと坐っているだけだが、冬彦は別に退屈はしなかった。考えなければならないことがたくさんあるからだ。磯松芳樹の失踪、笹村遼一への脅迫……これまでに得られた情報を頭の中で整理し、それに自分なりの推理を織り交ぜて、少しでも真相に迫ろうとする。

ふと時計を見ると、もうすぐ深夜二時になろうとしている。高虎が眠ってから、かれこれ三時間半も経ったということだ。相変わらず、すやすや熟睡している。ずっと同じ姿勢でいるので筋肉が強張っている。助手席で軽く伸びをしたとき、

（ん？）

通りの向こうに人影が見えた。街灯の下を通ったとき、右手にゴミ袋を提げた正木俊治の姿が照らし出された。

「寺田さん、起きて下さい、寺田さん」

冬彦が高虎の肩を揺する。

「うう〜ん、よせよ、もう食べられないぜ、うふふふっ……」

「いったい、どんな夢を見てるんだろう」

ちょっと興味があるが、今は高虎の夢を分析している場合ではない。

正木がのろのろと近付いてくる。体を左右に小さく揺らし、焦点の定まらない目で、いくらか蛇行《だこう》しながら歩いている。

「寺田さん！」

冬彦は高虎の耳をぎゅっと引っ張る。

「痛っ」

高虎が目を覚ます。

「何をするんですか」

「正木さんです。現れました」

「え」

高虎が前方に視線を向ける。

正木が波岡家の前にゴミ袋を放り出そうとしているところだ。

「行きましょう」

「よし」

二人が車から飛び出し、正木に駆け寄る。

波岡家の玄関からも柿崎と波岡が出てくる。

「まあ、ゴミを捨てているわ」

波岡が目を丸くして正木を見る。

「おい、俊ちゃん、自分が何をしてるかわかってるのか?」

柿崎が溜息をつきながら正木に歩み寄る。

「あ、柿崎さん、危ない」

冬彦が声を発したときには、もう柿崎は正木に投げられている。どうやら正木には柔道の心得があるらしい。尻餅《しりもち》をついた柿崎が恐ろしげに正木を見つめる。正木が普通の状態でないことに気が付いたらしい。

「おい、あんた」

高虎が柿崎と正木の間に立ちはだかる。

「……」

正木は無言で高虎につかみかかってくる。柿崎と同じように高虎を投げようとするが、高虎は柔道の有段者だ。返し技で、逆に正木を投げる。

正木が地面に転がり、ごつんと頭をぶつける。うう～ん、と唸りながら体を起こし、地面にぺたりと坐り込む。

「おれは、こんなところで何をしてるんだ？　あれ、正ちゃんじゃないか。何で、そんなところで横になってるんだよ」

不思議そうな顔で柿崎を見つめる。

七

波岡家のリビング。

正木が肩を落としてうなだれ、ソファに坐っている。その横に柿崎が坐り、心配そうな表情で正木の顔を覗き込んでいる。正木を挟んで柿崎の反対側に高虎が坐っている。冬彦と波岡は、それぞれ一人掛けのソファに腰を下ろしている。

「最初に話を聞いたとき、これは奇妙な事件だな、と思いました。波岡さんは自宅の前にゴミを捨てたのは正木さんだと言い、一方の正木さんは決められた場所にゴミを捨てたと言う。お二人の言うことが、まったく食い違っていたわけです。本来であれば、どちらかの言うことが間違っていると考えるべきですよね？　ところが、ぼくには、お二人が嘘をついているようには思えなかった。そこが奇妙だったんです」

冬彦が言うと、

「わたしが嘘をついてないのは当たり前じゃないですか。証拠があるんですから」

波岡が怒りを滲ませた口調で言う。

「そうです。大学生の娘さんが撮影した映像があるわけですよね。ということは、正木さんが波岡さんの家の前にゴミを捨てたことは間違いありません」

「そうですとも」

波岡が満足げにうなずく。

「でも、正木さんの言うことも正しいんですよ。決められた場所にゴミを捨てたんです。もっとも、今現在の話ではありません。この家の前は、以前、ゴミステーションだったんです」

「そんなはずはありません」

波岡が首を振って反論する。

「うちの前にゴミステーションがあったことはありません。わたしがこの家で暮らすようになって、もう三〇年以上になります。元々は、夫の父親がここに土地を持っていて、わたしと夫が家を建てるために土地を譲《ゆず》ってくれたんです」

「四五年前です」

「え?」

「四五年前には、ここにゴミステーションがあったんです。清掃局で古い記録を調べたから確かです。四五年前の市街地図も調べましたが、ちゃんとゴミステーションが記載されていましたよ」

「そんな大昔に……」

波岡が絶句する。

「土地の開発や住宅事情、ゴミ収集車の巡回径路の変更など、様々な理由で、ゴミステーションが他の場所に移されることは珍しくないそうです」

「四五年前というと……」

柿崎が首を捻る。

「俊ちゃんが結婚した頃じゃないか?」

「ああ、結婚したのは四六年前だからな」

「新婚時代……正木さんと奥さんが幸せな人生を歩み出した頃ですよね? これは、ぼくの推測なんですが、ゴミを捨てるのは正木さんの役割だったんじゃないですか?」

冬彦が訊く。

「はい、そうです。わたしは不器用で家のことなんか何もできなくて、何でも女房がやってくれたし……。あなたは何もしなくていいから、せめてゴミ捨てくらいは、やってちょうだいって頼まれて……」

正木の目に涙が滲む。

「奥さんが亡くなったショックで過去と現在の記憶が混乱してしまったのではないでしょうか。さっき正木さんがゴミ袋を持って、この家の前に歩いてくる姿を見ましたが、まるで眠っているようでした。正木さん、何か覚えていらっしゃいますか？」

「いや、それが全然……」

正木が首を振る。

「だとすれば、一種の夢遊病なのかもしれませんね。昔を懐かしんで、古い記憶を辿《たど》っているうちに眠り込んでしまい、体が勝手に動き始めたんですよ」

「そんなことがあるんですか？」

柿崎が驚いたように訊く。

「ぼくは医学の専門家ではありませんが、そういう事例を本で読んだことがあります」

冬彦がうなずく。

「わたしは、どうすればいいのか……。頭がおかしくなってしまったんだろうか」

正木が途方に暮れたように重苦しい溜息をつく。

「今の正木さんに必要なのは適切な治療です。記憶の混乱や夢遊病の症状は、恐らく、睡眠障害と記憶障害を併発したことが原因ですよ。治療を受ければよくなるはずです。ところで……」

冬彦が波岡に顔を向ける。

「どうでしょうか、納得していただけましたか？」

「何だか、よくわかりませんけど……」

「これは警察が介入して解決するようなことではないと思うんですが」

「もういいですよ。今の話が本当なら、正木さんに悪気がなかったことだけはわかりましたから。わたしとしても、家の前にゴミを捨てられたりしなければ、これ以上、騒ぎ立てるつもりはありません。でも、大丈夫なのかしら……正木さん、自分では何も覚えてらっしゃらないわけでしょう？」

波岡が疑わしそうな目で正木を見る。

「わたしがご家族に連絡を取って、きちんと治療を受けられるようにします。約束します。な、俊ちゃん、それでいいよな？」

柿崎が正木の顔を覗《のぞ》き込む。

「うん、頼む」

正木が同意する。

「それで、どうですか？」

柿崎が波岡に訊く。

「自治会長さんにお任せしますわ」

波岡がうなずく。


冬彦と高虎、それに柿崎の三人は正木を家に送った。

「よかったら正ちゃん、もう少し一緒にいてくれないか。また眠り込んで、ゴミを持ってふらふらと出歩くかもしれないから……」

正木が不安そうな顔をするので、柿崎は朝まで正木と一緒にいることになった。

「小早川さん、寺田さん、今回は大変お世話になりました」

柿崎が丁寧に頭を下げる。

「ありがとうございました」

正木も柿崎に倣《なら》って礼を言う。

「さっき、ぼくが話したことは、あくまでも素人の推測に過ぎません。できるだけ早く専門の医師に診察してもらって下さい」

「朝になったら、三鷹の娘さんに連絡を取って、どうするか相談します」

「よろしくお願いします」

冬彦と高虎は正木の家から車に向かう。歩きながら、

「とりあえず、この件は解決したってことでいいんですかね？」

「そう思いたいですが……」

「何か気になるんですか？」

「人の心の闇は深いなあ、と思い知らされました」

「それにしても、よくわかりましたね。あそこが昔はゴミステーションだったって」

「最初に会ったとき、正木さんは嘘をついていないと確信したんです。しかし、波岡さんの家の前はゴミステーションではない。矛盾してますよね？　どうすれば、その矛盾を解消できるか考えたんです。で、思いついたのが、正木さんが話しているのは今現在のことではなく、昔のことではないか、ということです。それで古い記録を調べてみたんですよ。たまたま、うまくいきました」

「たまたまねえ……珍しく謙虚じゃないですか」

「別に謙虚というわけではありません」

「何はともあれ解決したのなら、それで結構ですよ。ああ、それにしても、すっかり遅くなっちまいましたね」

「すいません。無理を言って付き合わせてしまって。疲れたでしょう?」

「意外と疲れは感じませんね。サウナでも寝たし、車でも寝たし、そのせいか睡眠不足ってことはないです。徹夜麻雀明けより元気ですよ。おれより、警部殿の方が眠いでしょう、車で寝てないから?」

「ぼくもあまり眠気は感じません」

「どうします、またサウナに行きますか? まさか、これから家に帰るわけにもいかないでしょうし」

「サウナも悪くありませんが、あと数時間で出勤ですから、署に戻って仮眠室で横になってもいいかもしれませんね」

「サウナから出勤するのも面倒だから、署で寝る方が楽は楽ですが、出勤前にシャワーくらい浴《あ》びた方がいいんじゃないですかね?」

「……」

急に冬彦が立ち止まる。

「どうかしましたか？」

「そうか、そういうことか……」

「何の話ですか？」

「正木さんは奥さんの死をきっかけに不眠症になり、睡眠障害を起こしたんですよ。常に睡眠不足の状態で朦朧《もうろう》としているから、ついに記憶障害まで起こしてしまった。それが正木さんの奇妙な行動の原因なんですよ」

「それは、さっきみんなの前で説明したことじゃないですか」

「今、ぼくが考えているのは正木さんのことではなく、磯松さんのことなんです」

「磯松？　あのじいさんが寝不足で過去と現在の記憶をごっちゃにしてると言うんですか？」

「違います。おばあさんですよ。頭の中に霧がかかっているんですから……」

高虎のことなど忘れてしまったかのように、冬彦は何事か思案を始める。

八

一月一三日（水曜日）

三浦靖子が溜息をつきながら、

「係長、注意した方がいいんじゃないんですか?」

と舌打ちする。

「う、うん、そうだね、どうしたのかな、二人とも……」

亀山係長が、ちらりちらりと冬彦と高虎を見遣る。

二人が居眠りしているのだ。冬彦はパソコンのキーボードに頬を押しつけて、高虎は机の上に突っ伏して眠り込んでいる。

「ゆうべ、徹夜で張り込みをして事件を解決したらしいから、よっぽど眠いんだろうね」

亀山係長が、うふふふっと薄く笑う。

「何を庇《かば》ってるんですか！　甘いですねえ……」

靖子が呆れて溜息をつく。

「張り込みといっても、二人が勝手にやったことでしょう。それとも係長が命令したんですか?」

「わたしは何も命令してないけどね」

「ということは業務命令じゃないということでしょう。それに事件といっても、たかがゴミを間違った場所に捨てただけの話じゃないですか。被害届も出てないんだから事件とは言えませんよ」

「う、う～ん、そう言われるとねえ……」

亀山係長が困り顔になる。

「とりあえず、あの二人を叩き起こしていいですか？　係長が怒鳴ってくれてもいいんですけど」

「いやあ、そういうやり方は苦手でねえ。三浦さんにお願いしようかなあ」

「……」

亀山係長と靖子のやり取りを、樋村と理沙子が呆れ顔で眺めている。

「あれは本気のやり取りなんですか？　それとも、ただの冗談なんでしょうか」

樋村が小声で訊く。

「ぼけと突っ込みでしょう？　二人で漫才してるのよ。放っておけばいい」

理沙子が肩をすくめる。

「さあ、覚悟しろよ。頭から水でもぶっかけてやろうかな」

靖子が指をぽきぽき鳴らしながら椅子から立ち上がる。そのとき電話が鳴る。

「間が悪いなあ」

舌打ちしながら、靖子が電話を取る。

「はい、『何でも相談室』ですが……ええ、そうです……え？　ちょっと待って下さい」

靖子が保留ボタンを押す。

「係長、刑事課からなんですが、先週、笹村遼一さんという方がここに相談にいらっしゃいましたよね？」

「笹村さん？　それ、ぼくと安智さんが担当している案件です。何かあったんですか？」

樋村が訊く。

「一歳の娘がいなくなったんだってよ、ショッピングセンターで」

靖子が言うと、樋村と理沙子が、えっ、と声を上げて顔を見合わせる。

冬彦はむにゃむにゃ寝言を口走り、高虎はいびきをかいて眠り込んでいる。

九

冬彦、高虎、理沙子、樋村の四人は阿佐ヶ谷駅の西口にあるショッピングセンターに向かった。ここで事件が発生したのだ。

駐車場に車を停め、三階の事務所に行く。そこかしこに制服警官や私服の刑事の姿が目につく。

事務所の前に刑事課の中島敦夫《あつお》巡査部長がおり、何やら制服警官に指示を与えている。

「おう、中島」

高虎が声をかける。

「あ、寺田さん。警部殿も」

中島が高虎たちに頭を下げる。

「わざわざ来てもらってすいません。笹村さんから事情を訊いていたときに、先週、『何でも相談室』に出向いて不審なハガキについて相談したことがわかりました。そのハガキに関して何か調査をしていたら、こちらにその情報を教えてもらえると助かります」

「その前に何があったのか、こっちにも説明してくれよ。娘さんがいなくなったってことしか聞いてないんだぜ」

「じゃあ、主任を呼びます」

中島が事務所のドアを開け、小早川警部たちがいらっしゃいました、と声をかける。

「入ってもらえ」

事務所の中から古河《ふるかわ》の声がする。

「どうぞ」

中島がわきにどいて冬彦たちを事務所に入れる。

事務所は八畳くらいの広さで、中央に折り畳み式のテーブルが六つ並べられている。壁際に机がふたつあり、机の上いっぱいに何かの帳簿や伝票が置かれている。小さな台所があり、電子レンジや冷蔵庫も置かれているから、事務所であると同時に従業員の休憩室としても使われているのであろう。

笹村遼一と妻の祥子《さちこ》がパイプ椅子に坐っている。

祥子は肩を落とし、ハンカチを顔に当てて、啜《すす》り泣いている。笹村は妻の肩を抱きながら、向かい側に坐っている古河の質問に答えている。それ以外にも私服の刑事や制服警官が何人かいる。このショッピングセンターのロゴマークが胸に刺繍《ししゅう》されたブルーのジャンパーを着ている中年男性二人は店の関係者である。副店長の吉沢《よしざわ》とフロア主任の増井《ますい》だ。

冬彦たちの姿に気が付いた笹村は、

「なぜ、調べてくれなかったんですか！」

と怒りを露《あら》わにする。

「きちんと調べて、新貝を捕まえてくれれば、こんなことには……」

「調べてはいますが、今のところ、あのハガキを出したのが新貝さんだという証拠はありません」

そう笹村に言ってから冬彦は古河に顔を向け、

「新貝さんの仕業なんですか？」

と訊く。

「まだ何もわからないんです」

古河が首を振る。

「何があったのか教えてもらえませんか？」

冬彦が頼むと、

「わかりました」

古河はうなずくと、手帳に控《ひか》えたメモを見ながら説明を始める。

午前一〇時三〇分頃、祥子は美優をベビーカーに乗せて、このショッピングセンターにやって来た。自宅から阿佐ヶ谷までは電車を利用した。ベビー用品や子供服の品揃えが豊富なので、週に一度か二度は来店するという。

ベビー用品売り場は二階にある。おもちゃ売り場、ゲームセンターと隣り合っている。

二階に上がり、祥子がベビー服を物色しているときに美優がベビーカーからいなくなった。そのとき美優は眠っていた。午前一〇時五〇分頃である。

ベビーカーから目を離したのは、せいぜい、三〇秒ほどで、距離も数メートルしか離れていなかった。

「それなのに誰かに連れ去られたのか？」

思わず高虎が口にする。

「フロアには太い柱もあるし、商品の陳列棚も並んでいます。意外と死角は多いんですよ」

古河が言う。

「それにしてもなあ……」

すぐそばに母親がいたのに娘が連れ去られるのに気が付かなかったのか……喉元《のどもと》まで出かかった言葉を高虎は、ぐっと飲み込む。憔悴《しょうすい》している母親の前で口にできる言葉ではない。

「わたしのせいなんです。わたしが美優から目を離してしまったから……」

祥子が自分を責める。とめどなく涙が溢《あふ》れる。

「おまえのせいじゃない。悪いのは、美優をさらった奴だ。くそっ、新貝に決まってるんだ。あいつの仕業なんですよ、刑事さん。早く捕まえて下さい」

笹村が興奮気味に古河に迫る。

「売り場の近くで中年男性を見かけましたか、四〇代くらいの？」

冬彦が祥子に訊く。

「い、いいえ……女性しか見かけませんでした。でも、わたしが気が付かなかっただけかも……」

鼻水を啜り上げながら、祥子が答える。

「その点は売り場の店員さんにも確認しました。ベビー用品売り場には女性客しかいませんでした」

中島が口を挟む。

「防犯カメラの分析はしてるのか？」

高虎が古河に訊く。

「そのフロアにある防犯カメラだけでなく、この建物の出入口にある防犯カメラの映像も調べているところです。美優ちゃんの姿が見えなくなった大体の時刻はわかっているので、その前後の時間帯に絞って調べているんですが……」

今のところ何も手がかりはありません、と古河が溜息をつく。

「それは、おかしいですね」

まだ歩くことができないのだから、美優ちゃんが一人でどこかに行ったはずがない。何者かがベビーカーから連れ去ったはずである。出入口は限られているのだから、たとえ中年男性でないとしても赤ん坊を抱きかかえた人間の姿が防犯カメラに映っているはずではないか……と冬彦が首を捻る。

「おっしゃる通りですが、男性に限らず、赤ちゃんを抱きかかえた人物は見付かってないんです。もちろん、防犯カメラの死角に入って映っていない可能性も考えられますし、もしかすると、まだ店内のどこかにとどまっているかもしれません。ですから、トイレや倉庫など人が隠れることができそうな場所も調べているところです」

中島が言う。

「奥さん」

冬彦が祥子に話しかける。

「辛いでしょうが、一刻も早く美優ちゃんを見付けるために協力してもらえませんか？」

「何をすればいいんですか？　わたし、何でもやります」

「一緒にベビー用品売り場に行ってほしいんです。美優ちゃんがいなくなったとき、奥さんがどこにいたか、ベビーカーはどこにあったか、実際にその場所に立って、ぼくたちに教えてほしいんです」

「わかりました」

うなずいて立ち上がろうとするが、立ちくらみでも起こしたのか、祥子がよろめく。それを笹村が支えてやる。

「おい、大丈夫か？　無理するな」

「いいの、心配しないで。美優を見付けるためだもの。刑事さんたちに協力しないと」

一〇

ベビー用品売り場に着くと、祥子は自分がどこでベビー服を選んでいたか、ベビーカーはどこにあったか、そのときの様子を説明しながら、実際の動きや位置関係をできるだけ忠実に再現した。そうするように冬彦が頼んだのだ。

「……」

冬彦は祥子の説明を真剣な表情で聞いているが、突然、床に腹這《はらば》いになってあたりを動き回る。

「いったい、何をしてるんですか？」

高虎が呆れる。

「どこかに身を隠す場所はないかと思って……。だって、中年男性がこっそり近付くのは難しそうじゃないですか」

立ち上がりながら冬彦が答える。

「やっぱり、難しそうですねえ。しかし、死角がないわけではない」

フロア全体を見回すと、あちこちに太い柱があるし、ベビー用品売り場にも大人の背丈よりも高い陳列棚がいくつもある。事務所で古河が話していた通り、死角が多いのだ。

「寺田さん、そこに立ってベビー服を選んで下さい。さっき奥さんが説明した位置に……そうです、そこです。ぼくは向こうから近付いてきますから、ぼくの姿が視界に入ったら合図して下さい」

「了解です」

「では、やってみましょう」

その場所から冬彦が離れていく。

実験開始である。

やがて、冬彦が高虎の死角を意識しながら少しずつベビーカーに接近する。高虎は無反応だ。ベビーカーのすぐそばまで来ると、

「どうですか、ぼくの姿が見えましたか？」

「いいえ、見えませんでしたね」

高虎が首を振る。

「なるほど……」

冬彦がうなずく。

「これで奥さんに気付かれることなくベビーカーのそばに行けることがはっきりしましたね。ところで、防犯カメラは、このフロアには何台設置されていますか？」

フロア主任の増井に訊く。

「五台あります。レジと中央通路を監視する防犯カメラが一台ずつ、売り場全体を異なる角度から監視するカメラが三台です」

「その五台の映像は確認したんですよね？」

冬彦が古河に訊く。

「美優ちゃんが連れ去られたと思われる時間帯に絞り込んで確認しましたが、どのカメラにも奥さんの姿が映っていないんです。ベビーカーも……。恐らく、あのせいです」

古河が売り場の中にある柱を指差す。その柱が防犯カメラを遮《さえぎ》っているのだ」

「やはり、死角に入っていたわけか」

冬彦はうなずくと、

「念のために防犯カメラの映像を観せてもらえますか？」

防犯カメラの映像は管理室で確認できる。壁一面に二〇台ほどのモニターがあり、その前に常に一人の警備員が坐って、画面をチェックしている。

　しかし、モニターの数が多いので、一人では対応しきれないのが現実だ。どうしても見落としが出てしまう。店内で事件や事故が起こったとき、録画された映像を呼び出して確認するというのが通常の利用法である。

　冬彦たちが管理室に行くと、刑事課の捜査員たちと警備員が協力して映像を調べていた。

「ご苦労さん。どんな感じだ？」

　古河が訊く。

「見付かりません」

　捜査員が首を振る。

「時間を絞り込んでチェックしてるんですよね？」

　冬彦が訊く。

「はい……」

　美優がいなくなったのは一〇時五〇分頃だから、その数分前、一〇時四五分頃からの映像を調べているのだ、という。

「ここには映っています」

捜査員が指し示したモニターには一〇時四七分頃の映像が出ており、それには、ベビーカーを押しながら、ベビー用品売り場を移動する祥子の姿が映っている。やがて、柱の陰に入ってしまう。

「一〇時五二分過ぎの映像です」

別のモニターには、パニックになった祥子が柱の陰から姿を現し、何やら店員に叫んでいる姿が映っている。音声はないので何を叫んでいるのかはわからない。

「この柱の向こう側を映した防犯カメラはないわけですね?」

冬彦が訊く。

「すべての防犯カメラ映像を調べましたがダメでした」

「ベビー用品売り場に限らず、そのフロア全体に怪しい奴はいなかったのか?」

高虎が訊く。

ベビー用品売り場の両隣はゲームセンターとおもちゃ売り場なので、男性客がいないわけではないが、一人きりではなく、子連れやカップルである……そう捜査員が答える。

「男性客そのものは、いるわけだよな?」

「はい」

「笹村さんに観てもらったら、どうだ?」

「新貝がいるかもしれないということですね？　写真もないし、確認できるのは、わたしだけだから」

笹村が言う。

「そういうことです。お願いできますか」

「もちろんです」

美優が連れ去られた時間の前後、そのフロアにいた男性客の映像を笹村が確認する。念入りに何度も確認するが、

「いないようです」

残念そうに首を振る。

「映像を観ていて思ったんですが、何だか、子供が多くないですか？　小学生とか中学生とか……。もう冬休みは終わったはずなのに」

冬彦が首を捻る。

「わたしも気が付きました」

古河がうなずく。

「確認したところ、今日は午後から区の教職員研修が行われることになっているので、子供たちは登校してすぐに帰宅したそうです。ほとんど休みみたいなものですね」

「ああ、それでですか」

冬彦が納得する。

「奥さんやベビーカーが映っていないとしても、誰かがベビーカーから美優ちゃんを連れ去ったことは間違いないわけだろ？　美優ちゃんは、どこかに映ってないのか」

高虎が訊く。

「映っていません」

捜査員が首を振る。

「エレベーターの防犯カメラ映像には？」

「調べましたが……」

また首を振る。

「非常階段に防犯カメラはあるんですか？」

冬彦が増井に訊く。

「ありません」

「じゃあ、階段を使って移動したのかな……。だけど、一階の出入口の映像にも映ってないんですよね？」

「はい、今のところ見付かっていません」

「思いつきなんですが……」

それまで黙っていた理沙子が口を開く。

「何だ？」

古河が理沙子を見る。

「ベビー用品売り場には他にもお客さんがいましたよね？　何人かは、ベビーカーを押している」

「美優ちゃんをベビーカーに乗せたっていうのか？」

「そんなやり方も考えられるかな、と思って。抱きかかえていれば、すぐに見付かってしまう。だけど、ベビーカーに乗せてしまえば怪しまれないいんじゃないですか？」

「一〇時五〇分前後の映像をもう一度、観せて下さい。ベビー用品売り場です」

冬彦が頼む。

「はい」

警備員がモニターを操作する。

すぐに冬彦が頼んだ映像がモニターに出てくる。

「いるな」

古河がモニターを凝視する。ベビー用品売り場には、ベビーカーを押している客が何人かいる。いずれも女性である。死角に入ることなく、ずっとモニター画面に映っている客もいるので、防犯カメラに映ることなく美優に近付くことができそうな客は一人か二人に絞られる。

「念のために、この人たちを追跡した方がよさそうですね。店内にいるかもしれないし」

冬彦が言うと、

「そうですね」

古河はうなずき、防犯カメラ映像を辿って、ベビーカーを押した女性客の行方を捜すように捜査員と警備員に指示する。

一

冬彦たちは事務所に戻った。

祥子は気の抜けたような顔で、力なく椅子に坐り込む。その傍らで、笹村は苛立《いらだ》っている。

「新貝なんだ。そうに決まっている。どうして捕まえてくれないんだ。こんなところでもたもたしているうちに美優は……」

両手で頭を掻《か》きむしりながら、ぶつぶつ不満を洩らす。声が大きいので、周りの者たちの耳にも入る。

「だけど、防犯カメラの映像を観る限り、新貝さんはいませんでしたよね？」

冬彦が言う。

「他に誰がいるんですか？　誰がこんなことをするんですか？　正月にあんな薄気味悪いハガキを送ってきたんですよ。最初にこっちを脅かして、あまり効き目がないから今度は美優をさらったんだ。ここで時間を無駄にすればするほど美優が危険になるじゃないですか。何とかして下さいよ」

「落ち着いて下さい。誰もが必死に美優ちゃんを捜していますから」

冬彦が宥《なだ》めようとするが、笹村は納得するどころか更に興奮し、

「新貝を早く捕まえろ！」

とテーブルを叩き始める。

「参考人として新貝氏から話を聞くことを上と相談した方がいいかもしれませんね」

古河が言う。

「それは難しいんじゃないのか」

高虎が首を捻る。

「ハガキを出したのが新貝さんかどうかもはっきりしてないんだぞ。参考人として呼ぶのも無理がある。もっとも、呼ぶにしても居所すらわからないわけだが……」

高虎と古河が話しているとき、理沙子の携帯が鳴る。

「はい、安智です……あ、係長ですか……」

亀山係長からの電話である。

しばらく相手の話を聞いていたが、突然、

「え」

と大きな声を発する。事務所にいる者たちが、何事かと理沙子の顔を見る。

「間違いないんですか？　確かなんですね」

理沙子が何度も確認する。

「そうですか、わかりました……」

携帯を切ると、ふーっと大きな溜息をつく。

「どうしたんだよ、何があった？」

高虎が訊く。

「北海道警察から連絡があったそうです」

「道警から？　ああ、確か、新貝和正さんの所在確認を依頼したんですよね？　わかったんですか」

　冬彦が言う。

「それが……」

　理沙子がごくりと生唾を飲み込む。

「新貝さんですけど、四ヶ月前に亡くなっているそうです」

「は？」

　高虎がきょとんとする。

「亡くなったというのは、つまり、お亡くなりになって、この世にはいないという意味ですか？」

　冬彦が訊く。

「はい。そうです。それが道警からの回答です」

「新貝が死んだ……」

　笹村も愕然《がくぜん》とする。

「そんなバカな……。じゃあ、黒い年賀状を送ってきたのは誰なんだ？　新貝しかいないじゃないか。誰が美優を……」

「あ」

理沙子がハッとする。

「すいません。もう一度、管理室に行ってきます。樋村、一緒に来て」

慌てた様子で事務所から走り出る。樋村も後を追う。

管理室では、依然として警備員と捜査員が協力して防犯カメラ映像の分析を行っている。

「すいません。さっきの映像をもう一度、観せてもらえませんか」

管理室に入るなり、理沙子が言う。

「どのあたりですか?」

「ええっと、美優ちゃんが連れ去られる前の……いいえ、ベビー用品売り場ではなく、それ以外の売り場です。確か、おもちゃ売り場なんですけど」

「わかりました」

警備員がその映像を呼び出そうとする。

そこに樋村もやって来た。

「どうしたんですか、安智さん、そんなに慌てて」

必死に走ってきたので、樋村は額に汗をかいている。

「黙って、これを観て」

モニターに映し出された映像を理沙子が指差す。

一〇時四五分過ぎのおもちゃ売り場の映像である。

「そこで止めて下さい」

「はい」

「樋村、ここを観て」

理沙子がモニターの一点を指差す。

「……」

樋村がモニターに顔を近付けて、その部分を凝視する。おもちゃ売り場には、子供の姿が多い。幼稚園児くらいの小さな子もいれば、小学生や中学生もいる。それに父親や母親たちである。理沙子が指差しているのは中学生くらいの少女だ。

「わからない？」

「あ……もしかして……」

「そう、水玉模様の大きなリュック、クマのマスコット……。見覚えがあるわよね？」

そこに冬彦や高虎たちもやって来た。

「何かわかったんですか？」

冬彦が訊く。

「ここに映っている少女ですが、恐らく、益山久美さんだと思います」

「益山久美って、誰だ？」

高虎が首を捻る。

「新貝さんの娘さんじゃないですか。自殺した直美さんの妹ですよ。ご両親が離婚したので、今はお母さんの旧姓を名乗っているんです」

冬彦が言うと、

「ああ、妹か」

高虎がうなずく。

「確かですか？」

冬彦が理沙子に訊く。

「顔の部分がはっきり見えませんが、このリュックとマスコットに見覚えがあるんです。絶対と言い切るほどの自信はないんですが」

「てことは……」

高虎がモニターを見つめながら、

「あのリュックに美優ちゃんを入れて店を出たかもしれないってことだよな？　だから、

いくら防犯カメラ映像をチェックしても美優ちゃんは見付からなかったんだ」

「そう決めつけるのは早いですよ。この少女を追跡してもらえますか？」

冬彦が言うと、警備員がうなずく。

「ベビー用品売り場でベビーカーを押していた女性と、この少女、手がかりがふたつ見えてきましたね」

その一五分後、ベビーカーを押していた女性が食料品売り場にいることがわかった。

早速、冬彦たちが食料品売り場に向かい、ベビーカーに乗っている赤ん坊を笹村夫婦に確認してもらったが、美優ではなかった。

「手がかりがひとつ消えちまった、か……」

高虎がぼやく。

「もうひとつ残っています。そちらに期待しましょう。きっと見付かります」

冬彦はあくまでも楽観的である。

更に三〇分後……。

古河の携帯が鳴った。

このショッピングセンターから歩いて五分くらいのところにある小さな児童公園で、パトロール中の巡査が益山久美らしき少女を発見したというのだ。

直ちに冬彦たちは、その公園に向かう。

ベンチのそばに二人の巡査が立っている。

ベンチには益山久美がしょんぼりとうなだれて坐っている。その傍らに、膝掛《ひざか》けで体をくるまれた美優がリュックに体を入れて、すやすや眠っている。

一二

一月一四日（木曜日）

朝礼が始まる。

三浦靖子の事務連絡が終わると、

「係長、どうぞ」

「う、うん……みんな、昨日は、ご苦労様でした。何はともあれ、赤ちゃんが無事でよかった」

亀山係長がメンバーたちを労《ねぎら》う。

「もちろん、美優ちゃんが無事にご両親のもとに戻ったのはよかったけど、何というか、すっきりしないというか、胸の中がもやもやしてるんだよなあ」

「寺田さんもですか。実は、わたしもそうなんですよ」

　理沙子が言う。

「ぼくもです。確かに、赤ちゃんを連れ去ったのは許されることではありませんが、あの女の子……益山久美さんの気持ちもわからないではありませんよね。まだ子供だし」

　樋村がうなずく。

「いくら子供だからって誘拐犯《ゆうかい》に同情してどうするのよ。ドラえもん君も、みんなと同じ考え？」

　靖子が訊く。

「どんな事情があれ、赤ちゃんを勝手に連れ去るというのは許される行為ではありません。しかし、計画的ではなさそうだし、美優ちゃんも無事だったし、樋村君が言うように、情状酌量《じょうじょうしゃくりょう》の余地も大きいので、少年院に送られたりはしないんじゃないですか。笹村さんご夫婦が厳罰を望めば話も違ってきますが……」

「でも、こう言っては何ですが、元はと言えば、あの人が間違った記事を載せたことが事の発端じゃないですか。その記事のせいで中学生が自殺に追い込まれている。あまり被害者面《づら》をするのも、どうかと思うんですけどね」

「寺田君、その発言はまずい。みんな、今の発言、頭から消去して。忘れること。いいね？」

亀山係長の顔が青くなる。

「今の発言が外部に洩れたら、寺田さん、懲戒《ちょうかい》ものですよ。大胆だなあ」

冬彦が感心したように笑う。

「小早川君、笑い事じゃないんだから」

「別の側面から、ぼくは、この事件はとても興味深いと思います」

「どんな側面ですか？」

理沙子が訊く。

「今回の事件を起こしたのは、突き詰めていけば新貝和正さんだということだよ」

「すでに亡くなっているのにですか？」

「うん。和正さんは笹村さんのせいで長女の直美さんが自殺したと考え、いつか笹村さんに復讐してやろうと考えた。笹村さん本人に復讐するのではなく、自分と同じ苦しみを味わわせるために、笹村さんに娘が生まれたら復讐しようと決意した。直美さんが亡くなってから、新貝さん一家は次々と不幸に見舞われた。会社を辞め、引っ越しをして、生活が苦しくなり、絶え間なく夫婦喧嘩が起こり、ついには離婚してしまった。久美さんは、お母さんと二人暮らしをすることになった。その時点で、直美さんの自殺のきっかけが笹村さんの記事だということを久美さんが知っていたかどうかはわからないけど、少なくとも去年の秋には、すべての事情を知った」

「小樽から荷物が送られて来たからですね？」

理沙子が訊く。

「それがすべてのきっかけだよ。荷物の中に入っていた一冊のノート……」

昨日、久美のリュックには一冊のノートが入っていた。新貝和正の書き綴ったノートである。

冬彦も、そのノートに目を通した。

ノートの内容や昨日からわかった事実に、ぼくの想像を付け加えると、こんな感じになるかな、と冬彦は次のような話を始める。

新貝和正は由美子と離婚した後、仕事を見付けることもできず、生活に窮して小樽の実家に戻った。父親の遺産相続を巡る争いで、断絶状態になった実家の兄を頼らざるを得ないほど追い込まれたのだ。

家族を失い独りぼっちになった和正の生き甲斐は笹村に復讐することだけだった。小樽で暮らすようになってからも、笹村一家の動きを知るために調査会社を使った。調査会社の費用を稼ぐために必死で働いた。

一年半ほど前、笹村の妻・祥子が妊娠していることを知った。和正は小躍《こおど》りした。笹村に娘が生まれれば、ようやく復讐を始めることができるからだ。

その頃から和正はしばしば体調不良に苦しむようになった。それでも調査会社の費用を捻出《ねんしゅつ》するため、病院にも行かずに無理して働いた。おかげで、笹村夫婦が杉並の妻の実家に引っ越すことや、祥子がしばしば阿佐ヶ谷のショッピングセンターを訪れてベビー用品を買っていることもわかった。

和正は様々な復讐方法を思案し、それをノートに書き記した。できるだけ笹村が長く苦しむような方法を選びたかった。娘が生まれたら、その娘をさらう……そこまでは決めたが、その後、その娘をどうするか、というところで迷った。笹村は憎いが、娘に罪はないからだ。娘の命を奪うなどということは考えなかった。

体調不調は悪化し、夜も眠れないほどの腹痛に苦しむことが多くなった。とうとう日払いで派遣されていた工事現場で倒れた。腸閉塞と診断され、緊急開腹手術が行われた。手術そのものは成功したが、腸閉塞の原因となった腫瘍《しゅよう》は悪性だった。大腸癌《がん》である。しかも、ステージ4という末期状態だった。他の臓器へも転移しており、もう手の施《ほどこ》しようがなかった。

祥子の出産を待っていたのでは復讐できなくなるかもしれないと和正は焦った。自分が先に死ぬかもしれないし、症状が悪化して体の自由が利かなくなってしまうかもしれない。今のうちに何とかしなければと考え、妊婦の祥子を襲うことも計画したが、さすがに実行をためらった。良心が咎《とが》めたのだ。復讐計画を練りながら、自分に残された時間が日々減っていく焦燥感、何としてでも笹村に苦痛を与えなければ直美が浮かばれないという悲愴感……葛藤する思いを和正はノートに綴った。

結局、美優が生まれても体が思うように動かなかったのか、復讐は実行されることなく和正は亡くなった。

その直後、小樽から益山由美子宛に段ボールがひとつ届いた。由美子が仕事に出かけているときに久美が受け取った。なぜ、勝手に荷物を開けたのか、久美自身にもわからない。

手紙が入っていた。和正が亡くなり、すでに葬儀を済ませたこと、私物のほとんどはガラクタ同然なので処分したこと、捨てるべきかどうか迷ったものを送ることにしたこと、などが簡潔に書かれていた。

段ボールには、写真や手紙、アルバム、スクラップブック、手回り品、ノート、現金の入った封筒が入っていた。現金は二万三千円で、和正が亡くなったとき、手許に残っていた全額である。スクラップブックには、直美の自殺に関係する新聞記事と調査会社からの報告書が貼りつけられていた。

スクラップブックとノートを読んで、久美は直美の事件について初めて詳しい事情を知った。当時、久美は小学生だったので、両親がきちんと説明してくれなかったのである。

仲のよい姉が突然死んでしまい、父親が会社を辞め、転居し、両親が喧嘩ばかりするようになって、ついには離婚してしまい、父の行方はわからなくなり、母はパートの仕事に追われて、いつも疲れ切った顔をしている……平凡でも幸せだった家庭が音を立てて崩れていくのを目の当たりにして、なぜ、こんなことになったのか、と久美はずっと不思議だった。ようやく、その謎が解けた。

久美は、荷物が届いたことを由美子に秘密にした。段ボールに入っていたものは大した量ではなかったので机の引き出しに隠した。

それから数日後、久美は笹村の妻の実家を探しに出かけた。探して何をしようというわけではなかった。自分の家庭が壊れる原因を作った人間がどんな顔をしているのか見てみたいと思ったのだ。

何度か出かけるうちに笹村夫婦を見かけた。二人の後をつけると、阿佐ヶ谷のショッピングセンターでベビー用品の買い物をした。調査会社の報告書に書いてあった通りだ。

その後、しばらく笹村夫婦を見かけなかったが、次に見たときにはベビーカーを押していた。ベビーカーを押しながら、楽しそうに笑い合う笹村夫婦を眺めているうちに、久美の心にむらむらと怒りと憎しみが湧いてきた。

和正のノートに記された復讐計画の第一歩は、黒い縁取りをしたハガキを出すことだ。文面も書いてあった。自分への戒《いまし》めなのか、ハガキに指紋をつけないこと、手書きではなく印字すること、投函者の住所がわからないように遠くの場所で投函すること……という注意事項が書き並べられていた。その注意事項に従って、久美はハガキを出した。

ノートには次のステップも書かれていたが、そこまでやるつもりはなかった。ちょっと脅かしてやれ、という軽い気持ちだったのだ。

昨日は学校をサボって阿佐ヶ谷に来た。

前の晩、由美子と言い争いをし、気持ちがむしゃくしゃして学校に行く気がしなかった。言い争いのきっかけは、久美が進学塾に通わせてほしい、と頼んだことだ。二年の三学期ともなれば、受験に備えて、ほとんどの生徒が進学塾に通うようになる。仲のいい友達も通うことになり、一緒に行こうよと誘われて久美もその気になった。成績は中の上くらいで、それほど悪くはない。もうひとがんばりすれば、憧《あこが》れている私立高校に手が届きそうな位置だ。がんばって勉強するから、どうか進学塾に行かせてほしい……久美は由美子に頼んだ。

だが、由美子の返事は鈍かった。

できれば進学塾に通わずに勉強してほしい、どうしてもというのであれば、中三の夏季講習くらいから通ってほしい、というのだ。それでは間に合わない、今から進学塾に通って志望校に合格できる成績を取れるようにしたい、と久美が言うと、憧れている私立高校があることは知っているし、できればその学校に進学させたいのは山々だが、パート収入だけでぎりぎりの生活をしている現状では、とても私立高校に通わせることはできない。公立高校でなければ無理だ、かわいそうだとは思うけれど、うちの事情も察してほしい……そう由美子は諭した。

中学二年生とはいえ、まだ子供である。そう簡単に納得できるはずがない。友達と一緒に進学塾に通いたい、成績を上げて自分が行きたい高校に進学したい、当たり前のことを頼んでいるだけなのに、どうして許してくれないのか、と久美は言い張った。

由美子は粘り強く説得しようとしたが、最後には、もう中学生なんだから、うちの経済状態だって少しは考えなさい、わがままばかり言わないで、と叱った。

その夜、久美は布団の中で悔し涙を流した。

両親が離婚したりせず、和正が安定した仕事についたままであったならば、こんなことにはならなかった。お金がないから進学塾に行かせることはできない、私立高校に通わせる余裕はない……そんなことを言われることもなかったはずだ。

姉の自殺をきっかけに家庭が崩壊し、進路を制限されるほど苦しい生活を強いられることになった。

すべて笹村のせいだ。

久美は笹村を憎んだ。

学校をさぼって阿佐ヶ谷に来たものの、笹村の妻の実家ではなくショッピングセンターに行ったのは、その時点では、美優をどうにかしてやろうなどとは考えていなかったからだ。

ゲームセンターをぶらぶらしていたら、たまたま、ベビーカーを押した祥子の姿が目に入った。

その幸せそうな顔を見て、久美の心に昨夜の悔しさが甦《よみがえ》った。

（あいつらのせいで……）

その怒りが久美を行動に走らせた。祥子がベビー服を物色し、ベビーカーから目を離したわずかの隙に、久美は美優をリュックに入れてショッピングセンターを出た。

冬彦が口を閉ざすと、その場にいた者たちが一斉に、ふーっと重苦しい溜息を洩らす。

「何だか、やりきれない話だな」

高虎が言うと、

「まったくです。あの子がかわいそうです。重い罰を受けないように、みんなで嘆願書でも提出したいところですね」

樋村がうなずく。

「それ、いいじゃん」

理沙子が賛同すると、

「君たち、それ、冗談だろうけど、たとえ冗談にしても口にしていいことではないよ」

亀山係長が青くなり、お腹を押さえながら、ちょっと失礼、と部屋を出て行く。

「ほら、もう～っ、うちの係長は気が小さいんだからね。また下痢が止まらなくなってトイレに閉じ籠もっちゃうじゃないのよ」

靖子が舌打ちする。

「ぼくもトイレです」

冬彦も席を立つ。

電話が鳴る。

「はい、『何でも相談室』です……」

靖子が出る。

「小早川ですか？　生憎、席を外しておりまして……寺田ならおります。はい、お待ち下さい」

保留ボタンを押すと、

「おい、高虎、芸能人から電話だぞ」

「ん？」

「あんたサユリストなんでしょ？」

「マジか！　と喜ぶとでも思ってるのか。小百合ばあちゃんだろ」

ちぇっ、と舌打ちしながら受話器を取り、保留ボタンを解除する。

「電話を代わりました。寺田です……。ああ、どうも……いろいろ調べてはいるんですが、なかなか進展が……。は？　本当ですか。いつですか……。確かに、それならよかったと思いますが……小早川にも伝えておきます。失礼します」

高虎が電話を切ったところに冬彦が戻ってきた。

「警部殿、ついてますよ」

「え？　まさか……」

冬彦が慌てて両手やジーンズを見る。

「ツキがあるっていう意味ですよ。トイレで小便でも引っ掛けたんですか」

「いやあ……」

あはははっ、と冬彦が照れ隠しに笑う。

「マジかよ」

高虎が溜息をつく。

「どんなツキですか？」

「たった今、吉永さんから電話がありました。磯松芳樹の件、解決しました」

「解決って……芳樹さんが姿を現したんですか？」

「電話があったらしいです。もうすぐ帰るから心配ないって。今日は磯松のばあさんが霧の中にいるらしいです。じいさんも家を空けられないので、日を改めてお詫《わ》びに来るそうですよ。よかったですねえ。抱え込んでいた面倒な案件が次々ときれいに片付いて。こんな日もあるんだな」

あはははっ、と高虎が機嫌よさそうに笑う。

「おかしいなあ……」

冬彦が眉間《みけん》に皺《しわ》を寄せて首を捻る。

「何がですか？」

「そんなはずはないんだ……」

「は？」

「行きましょう」

「どこに？」

「決まってるでしょう。磯松さんのお宅ですよ」

「だから、もう片付いたって……」

「ほら、行きますよ」

冬彦がリュックを手に、さっさと部屋から出て行く。

「まったく人使いが荒いぜ」

高虎がぼやきながら腰を上げる。

一三

インターホンを押すと、は〜いという返事と共にドアが内側から開いて小百合が顔を出す。

「あら、刑事さんたち、どうなさったの？」

不思議そうな顔だ。

「芳樹さんから連絡があったそうですね?」

「ええ、ですから、さっき『何でも相談室』に電話して、もう心配ありませんから、と寺田さんにお伝えしました」

「もう少し詳しくお話を伺いたいんですが」

「はあ……」

そこに国夫が現れた。

「磯松さん、こんにちは。芳樹さんからどんな連絡があったのか教えてもらえますか?」

「わかりました。上がって下さい」

冬彦と高虎はリビングに通される。

「わたしがお茶を淹れますよ」

小百合が台所に立つ。

冬彦、高虎、国夫の三人はソファに腰を下ろす。

「奥さん、今日も公園を眺めてるんですね」

冬彦がベランダに顔を向けながら言う。

国夫が拵えたコンクリート製のベンチに千恵子が行儀よく坐り、穏やかな表情で公園を見下ろしている。毛糸の帽子を被《かぶ》り、オーバーを着て、マフラーを巻き、手袋もしている。それでも吐く息が白い。

「頭の中に霧がかかっている方が本人も幸せなんでしょう。霧が晴れると、何かに怒ってばかりいますから」

国夫が言う。

そこに小百合がお茶を運んでくる。

「今なら、そうじゃないはずよ。だって、芳樹ちゃんの無事が確認できたんだもの。きっと大喜びするに違いないわ。早く霧が晴れるといいのにねえ」

「芳樹さんから連絡があったのは、いつですか？」

冬彦が国夫に訊く。

「ゆうべです」

「何時頃ですか？」

「ええっと、何時だったかな……。もう妻は寝ていたから、一〇時過ぎでしょうか」

「どこからかけてきたんですか？」

「どこにいるか教えてくれませんでした」

「どんな話をなさったんですか？」

「芳樹は怒ってました」

「何に怒ってたんですか？」

「わたしたちが警察に相談したことです。もう子供じゃないんだし、ちょっとくらい連絡が取れなくなったくらいで警察なんかに相談するな、と」

「どうして警察に相談したことを芳樹さんは知っていたんでしょうか？」

「さあ、それは……。誰かに聞いたんじゃないんでしょうか」

「友達ですか？」

「たぶん、そうだと思います」

「なぜ、突然、姿を隠したのか、その理由を訊きましたか？」

「訊きましたが、何も答えませんでした。近いうちに、そっちに戻るから、もう警察に相談はするな。余計な心配をしなくていい、と言って電話が切れました」

「どれくらい話していたか覚えていますか？」

「三分か四分といったところでしょうか」

「電話がかかってきたのは昨夜の一〇時過ぎとおっしゃいましたよね？」

「はい」

「では、電話会社に問い合わせてみましょうか？」

「え？」

「通話時間や料金、相手の電話番号などは簡単に調べられるんですよ。電話してきた場所も、おおよその見当が付きます。個人情報ですから、そう簡単に教えてもらえませんが、契約者本人が同意すれば教えてくれます」

　冬彦が携帯電話を取り出す。

「……」

　国夫がごくりと生唾《なまつば》を飲み込む。

「不安ですか？」

「あ……いや、別に……」

　国夫がハッとする。

「さっきから何度も喉元を触っていますよね。それは不安を感じていることを示すわかりやすいサインなんですよ。今度は掌《てのひら》で膝をこすりましたね。それも同じです。ぼくの質問に答えるとき、目許に触れてから答えたり、目を逸らしながら答えたりしていましたが、それは嘘をつくときのサインです。つまり、何を言いたいかというと、国夫さんが言ったことはすべて嘘だということです。ゆうべ、芳樹さんから電話があったというのは嘘ですよね？」

「刑事さん、ちょっと……」

小百合が口を挟もうとするが、高虎が手を挙げて小百合を黙らせる。

「どうしますか、電話会社に問い合わせた方がいいですか?」

「そ、それは……」

国夫の額に汗が滲んでくる。

「なぜ、こんな嘘をついたか、その理由を当てましょうか? 恐らく、国夫さんとすれば、たとえ警察に相談しても、芳樹さんは大人だし、それほど熱心に警察が捜すことはないだろうと高を括っていた。ところが、ぼくと寺田さんが熱心に調べ始めたので不安になってきた。そろそろ捜査をやめてもらわないと困ったことになる。だから、芳樹さんから電話があったと嘘をついて、ぼくたちにこの件から手を引かせようとした。違いますか?」

「そんなのおかしいわ!」

我慢できなくなって、小百合が大きな声を出す。

「なぜ、熱心に調べてもらって、国夫さんが困るんですか? 芳樹ちゃんが見付かって困ることなんかありませんよ」

「そうではないんです」

冬彦が首を振る。

「芳樹さんが見付かることが困るのではなく、いくら捜しても芳樹さんが見付からないことがはっきりするのが困るんです」

「は？　どういう意味？」

小百合が怪訝な顔になる。

「つまり、決して芳樹さんは見付からない、ということです」

冬彦が自信ありげに言い切る。

「どうして芳樹ちゃんが見付からないんですか。確かに、手がかりがなくて捜すのが大変なのはわかりますけどねえ」

小百合が首を捻る。

「ぼくと寺田さんは、芳樹さんと親しくしていた人たちや芳樹さんが仕事をしていた職場の上司や同僚などから話を聞きました。でも、調べれば調べるほど、どうにも納得できなくなってきたんです。芳樹さんには急いで姿を隠さなければならない事情がないからです」

「あら、やっぱり、お金じゃないんですか？」

「最初は、そう思いました。しかし、サラ金への返済を国夫さんが肩代わりしていることがわかり、その可能性はなくなりました」

「そう言えば、そうね」

小百合がうなずく。

「お金がキーワードであるのは確かなんですよ。芳樹さんはお金に困っていた。金欠で首が回らない状態だったんです。家賃も滞納していたくらいですからね。その芳樹さんが姿を隠すと言っても、お金がないわけですから、そう簡単ではない。アパートにも行きましたが、荷物を持ち出した形跡もない」

「よほど慌ててたんじゃないかしら。きっと、わたしたちには想像もできない理由があって姿を隠したんですよ」

「そうかもしれません」

冬彦がうなずく。

「複雑な事情があるのかもしれない。だけど、見方を変えれば、もっと単純な話なのかもしれません」

「単純って？」

「芳樹さんには姿を隠さなければならない理由がないし、その形跡もない。素直に考えれば、芳樹さんは姿を隠していないと解釈するのが最もすっきりするわけです」

「だけど、おかしいわよ。実際に姿を隠してるわけですから」

「国夫さん」

冬彦が国夫に顔を向ける。国夫の顔からは血の気が引き、すっかり青ざめている。

「嘘をつくのは大変じゃないですか？　苦しいんじゃないですか？　とても辛そうな顔をなさってますよ。肩の荷を下ろして楽になりませんか？」

「……」

高虎は口を閉ざしたまま、ちらりと冬彦の横顔を見る。冬彦の意図を察したのだ。国夫から自白を引き出そうとしている。

（まさか……じいさんが孫を手にかけたのか……）

そんなことは想像もしていなかった。

「芳樹さんに最後に会ったのは、いつですか？」

「それは……先月の初めです」

「正確には何日ですか？」

「いやあ、はっきりとは……」

「一二月六日の日曜日ではないですか？」

「そうだったかもしれません」

「どこで会いましたか？」

「ここです」

「何時頃に会いましたか？」

「何時だったかな……。昼過ぎだったと思います。まだ明るい時間でした」

「どんな話をしましたか？」

「よく覚えて……」

「お金ですよね？　お金を貸してくれ、と頼まれた」

「た、たぶん、そうです」

額に脂汗を滲ませながら、国夫がうなずく。

「刑事さん、あまり国夫さんをいじめないで下さいな。心臓が悪いんですからね。ほら、具合が悪そうになってきましたよ。少し休んだ方がいいんじゃない？　ねえ、国夫さん？」

「ぼくとしては、これでも気を遣っているつもりです。本当であれば、署に任意同行してもらって取調室でお話を伺わなければならないところです。その場合、国夫さんだけでなく、奥さんからもお話を伺うことになります」

「妻からもですか？」

国夫が驚いたように冬彦を見る。

「一二月六日、この部屋で芳樹さんに会ったのであれば、その場に奥さんもいたわけですよね？」

「しかし、そのとき妻は霧の中にいて……」

「それでも何か覚えておられるかもしれません」

「ああっ……」

国夫ががくっと肩を落とし、両手で顔を覆う。

「わたしです。わたしが芳樹を殺しました」

「え」

「ウソ」

高虎と小百合が思わず声を上げる。驚いていないのは冬彦だけである。

「何があったのか正直に話してもらえますね？」

「は、はい……」

国夫がうなずき、一二月六日に起こったことを涙声で話し始める。

その前の日、一二月五日の土曜日にも芳樹は、ここに来ました。

理由は同じです。金です。

どうしても金が必要だから貸してくれ、というのです。

土曜日に芳樹が来たときには、妻も普通の状態で、頭に霧がかかっていませんでしたから、二人で話を聞きました。

妻は昔から芳樹には甘くて、芳樹がアパートを借りるときに敷金や礼金を出してやったくらいですから、そのときも、そんなに困っているのなら何とかしてやりましょう、という考えでした。そんなに余裕はないけど、一〇万くらいなら何とかできないことはない……そんなことを言い出したんです。

でも、芳樹が期待していたのは、その程度の金額ではなかったんです。

最低でも一〇〇万……そう言いました。

驚きました。わたしだけじゃない、妻だって、びっくりしてました。

今になってみると芳樹が何を考えていたのか何となく想像できます。サラ金の借金をきれいにして、滞納している家賃を払って、左官の仕事が見付かるまで生活していくには、それくらいまとまったお金が必要だったんでしょう。サラ金の借金は、さっさと一括返済しないと、バカみたいに利息が増えていきますからね。こつこつ返済しても、ほんの一度でも延滞すると、また借金が膨《ふく》れてしまうんです。

　だから、一〇万くらいでは、どうにもならないわけです。二〇万なら、滞納している家賃を払って、サラ金の一回分の返済はできるでしょうが、それだと、また翌月に支払いで困ることになる。とにかく借金をまとめてきれいにしないと身動きが取れない……芳樹にも、それがわかっているから最低でも一〇〇万という言い方をしたのでしょう。

　そうは言っても、そんな大金、右から左に用意できるはずがありません。妻のへそくりだって、そんなにはありませんから、

「無理を言わないでちょうだい。うちは年金暮らしの年寄り夫婦だもの。そんなお金なんかないわよ」

　妻は芳樹を宥めようとしました。

「保険金をくれ」

と、芳樹は言い出しました。

芳樹が小学生のとき、両親は交通事故で亡くなりました。そのときに保険金やら賠償金やら、ものすごい大金が手に入ったはずだと信じ込んでいたんです。

　しかし、実際には運転していた芳樹の父親は酒気帯びだったし、しかも、自爆事故ですから、自動車関係の保険金はほとんど下りず、いくらか生命保険金が下りただけです。

わたしたち三人が暮らしていく生活費にも充てましたが、ほとんどは芳樹のために使い

ました。芳樹が荒れた生活を送るようになってからは、わたしたちに黙って家の金を持ち出すようなこともよくありましたし、芳樹が成人する頃には、保険金はわずかしか残っていませんでした。

そういう話をきちんと説明したんですが、

「そんなはずはない。隠してるんだろう」

と、芳樹は信じようとしませんでした。

遅くまで粘っていましたが、突然、

「もういい。二人でおれを騙《だま》そうとしてるんだ」

と捨て台詞《ぜりふ》を吐いて、部屋から出て行きました。

何かというと芳樹を庇う妻ですら、

「どうかしてるわ、うちにそんな大金があるはずないじゃないの。保険金なんか、とっくに使ってしまったわよねえ」

と、ぶつくさ言っていました。

その翌日、つまり、六日の日曜日、また芳樹が現れました。幸いにも、あの日、妻は朝から頭に霧がかかった状態でした。

幸いと言ったのは、芳樹の荒れようが土曜日よりも、ずっとひどかったからです。

一〇〇万円出せ、何が何でも一〇〇万円出せ、と騒いだんです。テーブルを叩き、椅子を蹴飛ばし、このあたりにあるものを手当たり次第にひっくり返して、金を出せ、と大声を出しました。

しまいには、わたしと妻を泥棒呼ばわりしました。

わたしもショックでしたが、芳樹を溺愛している妻が耳にしたら、どれほど悲しんだかわかりません。頭に霧がかかっているおかげで、あんな悪態を聞かずに済んだのですから、妻にとっては幸いと言うべきでしょう。

土曜日にも説明しましたが、保険金は残っていないことを改めて芳樹に説明しました。

しかし、芳樹は納得せず、

「どこかに隠してあるんだろう」

と家捜しを始めました。

やがて、定期預金通帳を見付けました。

「ほら、やっぱり、あるじゃないか」

「それは違う。それは、おばあちゃんの……」

「おれのだ。おれの金だよ」

いつか妻を民間の介護施設に入れざるを得なくなった日のために、わたしがこつこつ蓄えてきたお金です。決して保険金から流用したお金ではありません。それを持って行かれたら、わたしの身に何かあったとき、妻は行くところがなくなってしまいます。一人暮らしなんかできるはずがないし、芳樹が面倒を見てくれるとも思えません。

事情を説明して、何とか返してもらおうとしましたが、芳樹は通帳や印鑑を奪い、わたしの手を振り払って出て行こうとしました。

わたしは必死に止めようとしました。揉み合っているうちに芳樹がバランスを崩して倒れました。たまたま、出しっ放しにしてあったアイロンに頭をぶつけて芳樹は動かなくなってしまいました。打ち所が悪かったのか、芳樹は死にました。

涙を拭《ぬぐ》いながら、国夫がぽつりぽつりと事情を説明する。

「なぜ、救急車を呼ばなかったんですか？」

冬彦が訊く。

「もう死んでいるとわかったからです。わたしは戦前の生まれで、東京が焼け野原になったのも、この目で見ています。嫌になるくらい死体も見ました。生きているのか死んでいるのか、それくらいの区別はつきます」

「たとえ、そうだとしても救急車を呼ぶべきでしたね。救急車と警察を」

「今になってみれば、そう思います。あのときは、何とかしなければ、何とか死体を隠さなければ、ということしか考えられませんでした。すっかり動転してしまって……」

「なぜですか？　普通は、警察に通報すると思いますよ。事故だとすれば尚更です」

「浅はかでした」

国夫が溜息をつく。

「あのときは……芳樹が死んだと知れば、きっと妻が深く悲しむだろうと思って、何とか、芳樹が死んだことを隠さなければ、と考えてしまったんです」

「その後、どうなさったんですか？」

「とりあえず、芳樹を押し入れに隠しました。いつまでもそのままにしておくことはできないとわかっていましたが、わたしの力では芳樹を外に運ぶことなど無理です。そもそも、外に運んだからといって、うまい隠し場所があるわけでもありません。ですから、外には運ばず、部屋の中に隠すしかない、と考えました。でも、下手に隠すと臭いが洩れたりしますから、いろいろ思案して……」

「次の日、すなわち、月曜日に丸山社長を訪ねたわけですね？　ベランダにコンクリート製のベンチを作るから道具を貸してくれ、と頼むために」

「そうです」

「……」

「……」

高虎と小百合が揃《そろ》ってベランダに顔を向ける。

千恵子がちょこんと腰を下ろしている。目は公園ではなく、室内に向けられている。国夫を見ているのだ。国夫が泣いている姿をじっと見つめている。もっとも、その顔からは何の感情も読み取ることができない。

「ウソでしょ……」

小百合が震え始める。

「あそこに……あのベンチの下に芳樹ちゃんが……」

「国夫さん、署に同行していただけますね？」

冬彦が言う。

「はい。ただ、妻を一人にするのは……」

「小百合さん、千恵子さんに付き添っていていただけますか？　すぐに署の人間を呼びますから、それまでの間」

「え、ええ、もちろん……それは構いませんけど」

「国夫さん、行きましょう」

冬彦が腰を上げる。

「はい」

国夫も立ち上がろうとするが、腰が抜けてしまったかのように一人では立ち上がることができない。冬彦と高虎が両脇から支えて立たせてやる。

「ぼくにつかまって下さい」

「すいません」

国夫は冬彦の肩につかまって玄関に向かう。

「信じられないわあ……」

首を振りながら、小百合も後を追う。

「警部殿、先に署に電話します」

高虎が携帯を取り出しながら廊下に出る。

電話をかけながら、

「刑事課の人間や鑑識が着くのを待った方がいいんじゃないんですかね？」

「まだ令状がないからなにもできませんよ」

「国夫さんが許可してくれれば……」

高虎は背筋に殺気を感じ、咄嗟《とっさ》にその場にしゃがみ込む。

びゅっ

空気を切り裂く音がする。

もし高虎が立ったままでいたら、後頭部に何かがぶつかったはずだ。肩越しに振り返ると、千恵子がフライパンを手にして立っている。鉄製の重いフライパンを両手で振り回したのだ。まともに殴られたら命に関わるであろう。

「……」

千恵子は焦点の定まらない目を高虎に向けたまま、またフライパンを持ち上げようとする。

「何をする」

高虎がフライパンを取り上げる。

千恵子は両手をだらりと下げたまま、ぼんやり突っ立っている。

「そうか。そういうことだったのか」

冬彦が叫ぶ。

「国夫さん、もう嘘はダメです。今度こそ本当のことを話してもらえますね？」

「……」

国夫が観念したようにうなだれる。

エピローグ

一月一五日（金曜日）

朝礼が始まる。

三浦靖子の事務連絡が終わると、

「係長、どうぞ」

「う、うん……」

亀山係長が、ふーっと大きく息を吐《つ》く。

「昨日は赤ちゃんの連れ去り事件、そして、まさか、今日は殺人事件について話すことになるとは……。何を話せばいいのか、わたしも戸惑っています」

「確かに、『何でも相談室』っぽくないですよね。そもそも、ここって生活安全課の一部なんだし、何だって、誘拐とか殺人とか、そんな事件に首を突っ込むわけ？」

靖子が冬彦を睨む。

「好きこのんで首を突っ込んだわけじゃありませんよ。最初は、そんな事件だなんてわからないわけですから。ねえ、寺田さん？」

理沙子が高虎を見る。

「偶然と言えば偶然なんだろうが、おれには、何者かが災いを呼び寄せているとしか思えないな。何者かが、な！」

高虎が横目で冬彦を見る。

「ぼくですか？　なぜ、ぼくが災いを呼び寄せるんですか？　いやだなあ、まるで、ぼくが疫病神《やくびょうがみ》みたいじゃないですか。ぼくには、そんな力はありませんよ」

「どうってことのない、ごく平凡な案件が、警部殿が調べ始めると、どんどん血なまぐさくなる気がするんだよな。そう感じてるのは、おれだけか？」

「寺田さんは警部殿の相棒だから、そう感じるんですよ。そんなに気にしなくてもいいじゃないですか。ぼくなんか、生活安全課にいながら刑事課の勉強もできている気がするから、すごく嬉しいです。刑事課にいたって、そうそう殺人事件なんかにぶつかりませんからね」

樋村が言う。

「これは、やっぱり、殺人なんでしょうか？」

理沙子が首を捻る。

「最初に国夫さんの話を聞いたときは、明らかに事故という感じがしたけどね。芳樹さんと揉み合っているとき、芳樹さんがバランスを崩して倒れ、アイロンに頭をぶつけた……疑いようもなく事故だよね」

冬彦が答える。

「だけど、それは嘘だった。本当は、ばあさんがフライパンで孫を殴り殺したんだ」

高虎が言う。

「だけど、正常な判断力があったとは思えないから心神耗弱《しんしんこうじやく》ということで罪には問われないんじゃないですかね」

理沙子が言う。

「あのばあさん、おれにも襲いかかってきたからな。危うく、おれもお陀仏《だぶつ》だったぜ」

「国夫さんが泣いているのを見て、ぼくたちが国夫さんをいじめていると判断したんでしょうね。恐らく、芳樹さんのときも、そうですよ。国夫さんを守るつもりで芳樹さんをフライパンで殴ったんです」

「溺愛している孫なのになあ」

「頭の霧が晴れて、自分がかわいい孫を手にかけたなんて知ったら千恵子さんはショックで死んでしまうかもしれない。そう思ったから、国夫さんは救急車も呼ばず、警察にも通報せず、自分の手で遺体を隠すことを決めたのだと思います。千恵子さんは薬を飲んで眠るので、朝までぐっすり寝ています。深夜に作業すれば、千恵子さんには何も気付かれないわけです」

「こう言っては何だが、あの孫は昔から問題ばかり起こす鼻つまみ者だ。周りの人間に迷惑ばかりかけてきた。だから、突然姿をくらましても大して驚く者はいない。じいさんとすれば、めでたしめでたしとなるはずだったわけだ。ところが、選《よ》りに選って、その孫を殺したばあさんが、孫がいなくなったと騒ぎ始めた。じいさん、さぞ困っただろうな」

高虎が溜息をつく。

「昨日の赤ちゃんの連れ去り事件もそうでしたが、この事件も何となく物悲しいですね」

樋村が言う。

「国夫さんが哀れです」

冬彦がうなずく。

「みんなで、あまり罪を重くしないようにという減刑の嘆願書でも出しますか？」

理沙子が言うと、

「それだけは、やめて下さい。うっ……」

亀山係長がお腹を押さえ、ちょっと失礼、と部屋を出て行く。

「またトイレかよ。どれだけ胃腸が弱いんだ」

高虎が呆れたように言う。

「あんたたちがストレスをかけすぎなのよ。昔から胃腸の弱い人だけど、以前は、ここまでひどくなかったもの」

靖子が言う。

「ストレスをかける名人がいるからなあ」

高虎が横目で冬彦を見る。

「今日は、どんな事件が来るかなあ」

冬彦は、にこにこしている。

（この作品『生活安全課０係　エンジェルダスター』は、『小説ＮＯＮ』（小社刊）二〇一六年二月号から七月号に連載され、著者が刊行に際し加筆・修正したものです。

また本書はフィクションであり、登場する人物、および団体名は、実在するものといっさい関係ありません）

一〇〇字書評

切・り・取・り・線

購買動機（新聞、雑誌名を記入するか、あるいは○をつけてください）	
□（　　　　　　　　　　　　　）の広告を見て	
□（　　　　　　　　　　　　　）の書評を見て	
□ 知人のすすめで	□ タイトルに惹かれて
□ カバーが良かったから	□ 内容が面白そうだから
□ 好きな作家だから	□ 好きな分野の本だから

・最近、最も感銘を受けた作品名をお書き下さい

・あなたのお好きな作家名をお書き下さい

・その他、ご要望がありましたらお書き下さい

住所	〒				
氏名		職業		年齢	
Eメール	※携帯には配信できません		新刊情報等のメール配信を 希望する・しない		

この本の感想を、編集部までお寄せいただけたらありがたく存じます。今後の企画の参考にさせていただきます。Eメールでも結構です。

いただいた「一〇〇字書評」は、新聞・雑誌等に紹介させていただくことがあります。その場合はお礼として特製図書カードを差し上げます。

前ページの原稿用紙に書評をお書きの上、切り取り、左記までお送り下さい。宛先の住所は不要です。

なお、ご記入いただいたお名前、ご住所等は、書評紹介の事前了解、謝礼のお届けのためだけに利用し、そのほかの目的のために利用することはありません。

〒一〇一－八七〇一
祥伝社文庫編集長　坂口芳和
電話　〇三（三二六五）二〇八〇

祥伝社ホームページの「ブックレビュー」からも、書き込めます。
http://www.shodensha.co.jp/bookreview/

祥伝社文庫

生活安全《せいかつあんぜん》課《か》0《ぜロ》係《がかり》　エンジェルダスター

平成29年7月20日　初版第1刷発行

著　者　富樫倫太郎《とがしりんたろう》
発行者　辻　浩明
発行所　祥伝社《しょうでんしゃ》
東京都千代田区神田神保町3-3
〒101-8701
電話　03（3265）2081（販売部）
電話　03（3265）2080（編集部）
電話　03（3265）3622（業務部）
http://www.shodensha.co.jp/

印刷所　堀内印刷
製本所　ナショナル製本
カバーフォーマットデザイン　芥　陽子

 ISBN978-4-396-34329-3 C0193